The Independent Bookworm

ÜBER DAS BUCH

Es war einmal in einer Welt, in der Magie und Technik mit unerwarteten Konsequenzen aufeinander treffen …

Als Maggie mit ihrem Vater in die Stadt kommt, um Holzkohle zu verkaufen, verliebt sich Schmiedegeselle Hannes sofort in sie. Doch in der Stadt verschwinden hübsche Mädchen über Nacht, und er hat keine Ahnung, wo Maggie untergekommen ist. Kann er sie trotz Ausgangssperre finden, bevor es die Kidnapper tun?

Was wäre, wenn die Brüder Grimm nicht bemerkt hätten, dass „Hänsel und Gretel" keine Geschwister sind?

ÜBER DIE AUTORIN

Katharina Gerlach hat seit ihrer Geburt den Kopf in den Wolken und lebte mit drei jüngeren Brüdern mitten in einem Wald im Herzen der Lüneburger Heide. Schon früh verschwand sie tagelang in magischen Abenteuern, vergangenen Zeiten oder unheimlichen Märchenwäldern, denn auch junge Wilde lernen irgendwann Lesen.

Auf die Erde kehrte sie nie lange zurück, obwohl es ihr gelang, eine Lehre zur Landschaftsgärtnerin erfolgreich abzuschließen, Forstwissenschaften zu studieren und sogar einen Dr. rer. nat. zu erhalten. Eines Tages wurde ihr klar, dass sie schreiben muss, wenn ihr Traum, ihre Geschichten zu teilen, wahr werden sollte. Ihr erster Roman war eine Katastrophe und wird nie das Licht der Welt erblicken. Doch sie lernte dazu, und nun verkaufen sich ihre Geschichten sogar. Katharina schreibt am liebsten Fantasy, Science Fiction und Historische Romane für alle Altersgruppen.

Zurzeit arbeitet sie an ihrem nächsten Projekt in einem Häuschen nicht weit von Hildesheim, wo sie mit ihrem Mann, drei Kindern und einem Hund lebt (sie halten sie lange genug auf dem Boden der Tatsachen, dass sie nicht auf Flügeln der Phantasie entschwindet).

Mehr Informationen: http://de.KatharinaGerlach.com

HANNES UND MAGGIE

HÄNSEL UND GRETEL

SCHÄTZE NEU ERZÄHLT 5

Katharina Gerlach

Hannes und Maggie, Schätze Neu Erzählt 5
erschienen im Independent Bookworm Verlag, USA und D
Dieses Buch ist auch als eBook erhältlich. Es ist auf Deutsch und auf
Englisch erschienen.

printed On-Demand Publishing LLC, 100 Enterprise Way, Suite A200,
Scotts Valley, CA 95066, USA, www.createspace.com

ISBN-13 978-3-95681-055-8

Weitere Information finden Sie auf der Verlagswebsite:
http://www.IndependentBookworm.de

Für meine Familie. Ohne Euch hätte ich es nicht geschafft.

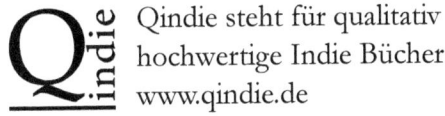 Qindie steht für qualitativ
hochwertige Indie Bücher
www.qindie.de

Inhaltsverzeichnis

HANNES UND MAGGIE

Maggie zog den Griff der Karre mit aller Kraft und versuchte dabei, den Riss in der Sohle ihres linken Holzschuhs zu ignorieren. Wenn sie die Holzkohle gut verkauften, würde sie sich neue leisten können.

„Ist es noch weit?" Verzweiflung klang in der Stimme ihres Vaters mit.

Maggie sah auf, wischte sich eine Strähne ihrer langen, blonden Haare aus dem Gesicht, die ihrem Pferdeschwanz entkommen war, und sah über die abgeernteten Felder und die Gruppen rot-goldener Büsche zur Stadt.

„Vielleicht noch eine Meile."

„Ich brauche ein Bier, sonst sterbe ich vor Durst. Können wir schneller gehen?" Vater schob die Karre schwungvoll an, wodurch Maggie vorwärts stolperte, aber nicht hinfiel. Noch ein Loch in dem dünnen Stoff ihres Kleides, und sie wäre so gut wie nackt.

„Ups, entschuldige", sagte ihr Vater. Wortlos zog sie stärker und nagte an ihrer Unterlippe. Insgeheim betete sie. *Bitte, lieber*

Gott, lass ihn den Alkohol vergessen. Er hat seit Tagen keinen Tropfen mehr getrunken. Das sollte doch gehen.

Eine halbe Stunde später erreichten sie das Stadttor. Zwei Wachen stoppten sie.

„Ihr seid keine Bürger." Ein fetter Beamter trat vor und betrachtete ihren Karren mit offensichtlichem Missfallen. „Wenn ihr eure Holzkohle hier verkaufen wollt, müsst ihr zuerst Steuern bezahlen. Das macht drei Kupferstücke sofort und fünf Prozent vom Endpreis, wenn ihr geht."

„Drei Kupferstücke und fünf Prozent?" Vater streckte sich zu voller Größe. Mit seiner breiten Brust und den muskulösen Armen war er eine imposante Erscheinung, mindestens einen Kopf größer als die größere der beiden Wachen. „Wollt ihr mich ausrauben? Vor zwei Monaten waren es ein Kupferstück und drei Prozent."

„Inflation." Der Beamte blieb unbeeindruckt. Schließlich war Vater unbewaffnet. „Zahl die drei Kupferstücke und du kannst rein. Ohne Bezahlung musst du eine andere Stadt finden, in der du deine Ware verkaufen kannst."

Maggie bemerkte das Pochen einer Vene an der Schläfe ihres Vaters. Bevor er explodieren konnte, trat sie vor und zog einen kleinen Geldbeutel aus ihrem verschlissenen Rock.

„Wir zahlen." Sie reichte dem Mann den ganzen Inhalt ihres Geldbeutels. Damit war alles dahin, was sie als Ausgangskapital für ein Paar neue Holzschuhe gespart hatte. Hoffentlich würde Vater nicht allzu viel von dem, was sie einnehmen würden, fürs Trinken ausgeben.

„Na, geht doch!" Der Beamte lächelte sie an. Er ging zu einer Maschine, die auf einem schmalen Tisch stand. Sie sah aus wie eine schwarze Kiste mit nummerierten Knöpfen. Er drückte einige, und die Maschine klingelte. Eine Schublade öffnete sich. Der Beamte warf das Geld hinein und schloss sie wieder. Dann zog er an einem Hebel, der an der Seite angebracht war, und die Maschine druckte eine Quittung aus, die er Maggie reichte.

„Willkommen in Wasserburg. Die gültigen Gesetze findet ihr an den öffentlichen Aushängen an verschiedenen Stellen der Stadt. Im Augenblick gilt eine Ausgangssperre von acht Uhr abends bis sechs Uhr morgens."

„Eine Ausgangssperre?" Vater zog die Augenbrauen hoch. „Warum?"

„Ein paar Kinder sind verschwunden. Hauptsächlich Straßenkinder, aber auch ein, zwei aus der Mittelschicht. Nichts Schlimmes, aber wir müssen die Ruhe bewahren." Der Beamte winkte sie beiseite. „Und jetzt geht bitte, ihr seid nicht die Einzigen, die mich brauchen."

Maggie machte sich mit neuen Kräften an die Arbeit. Bald würden sie ihre Ware ein oder zwei Schmieden anbieten. Sicher könnte sie dann ein paar Geldstücke verstecken, damit Vater nicht alles vertrank.

„Sag mal, wo kam das Geld her?" Vaters Stimme klang verwundert. „Du hast doch gesagt, dass wir keins mehr haben, als ich dich das letzte Mal gefragt habe."

„Hatten wir auch nicht. Dies waren Notfallgroschen, die ich immer aufhebe, damit wir nicht verhungern."

„Was für ein kluges Kind ich doch habe." Er klopfte ihr auf die Schulter. „Mit deiner Gerissenheit werden wir bald reich sein."

Maggie lächelte schwach. Er wusste doch genau, dass es ihm nie gelang, Geld lange zusammenzuhalten. *Wenn Mutter bloß noch leben würde.*

„So, dann gib mir mal den Rest vom Geld. Ich brauche ein Bier."

Maggie wusste nicht, wie sie ihm sagen sollte, dass keines mehr übrig war.

***

Hannes streckte sich und wischte sich den Pony seiner ansonsten kurzgeschnittenen Haare aus dem Gesicht. Seine Schultern schmerzten vom mehrfachen Falten des Eisens für ein zeremonielles Schwert, dass einer der Gildemeister bestellt hatte. *Dummkopf,* dachte er. *Besteht darauf, das beste Material zu benutzen, und will die Klinge stumpf haben. Was für eine Verschwendung.*

„Wie lange brauchst du noch?" Sein Meister sah durch die Tür, die das Haus mit der Schmiede verband. Sein Vollmondgesicht strahlte den Lehrling an. „Da ist ein Bauer, dessen Pferd beschlagen werden muss. An allen Vieren."

„Ich bin in fünf Minuten bei ihm. Muss das hier nur noch fertig machen." Hannes hämmerte, bis Funken durch die Schmiede flogen. Als sich die gefalteten Metallstreifen verbunden hatten, tauchte er das Werkstück ins Wasser und legte es auf die Werkbank, um es abkühlen zu lassen. Er würde es später austreiben. Dann warf vier Eisen in die Glut und ging vor das Tor.

Der Bauer, ein vierschrötiger, untersetzter Kerl, stand wie eine Steinstatue neben seinem nervös tänzelnden Pferd. Mit Händen so groß wie Schaufeln hielt er das Halfter fest.

„Morg'n." Er öffnete kaum den Mund zum Sprechen. „Die Kleene issn bischn unfreundlich zu Schmiedn. Must sehn, wie du zurechtkommst. Daheim betäubt er se immer mit'm Hammerschlach."

„Ich tue mein Bestes", versicherte Hannes dem Mann und dachte, *wir sind nicht solche Hinterwäldler wie der Schmied in deinem Dorf.* Das sagte er natürlich nicht laut. Es ging nicht an, einen Kunden zu beleidigen.

Er trat zum Kopf der Stute und streichelte sie sanft. Er fand keine neueren Verletzungen, also schien der letzte Besuch beim Schmied eine Weile her zu sein. Sie scheute vor seiner Hand, und der Bauer fluchte.

„Ich sach doch, se mach keene Schmiede."

„Keine Sorge. Ich werde sie beschlagen. Es dauert nur einen Moment." Hannes murmelte dem Pferd zu und hoffte, der Bauer würde Geduld haben. Selbstverständlich war das Tier verängstigt, wenn sie jedes Mal einen übergebraten bekam, wenn sie eine Schmiede betrat. Er zog eine Möhre aus der Tasche, die er für Notfälle wie diesen dabei hatte. Nicht, dass sie noch viele Pferde beschlugen. Meistens reparierte er kleine Maschinen oder Dampfwagen – aber er mochte die großen Tiere. Ihr Geruch ließ ihn lächeln. *Ein Tier hat wenigstens Persönlichkeit,* dachte er und streichelte den Nacken der Stute. Vorsichtig stupste sie seine Hand an, bis her die Möhre endlich losließ. Kauend rieb sie ihre Stirn an seiner Brust.

„Sehen sie, sie mag mich." Er lächelte den Bauern an.

„Glaub ma nich, dass dat hilft." Der Mann spuckte seinen Priem in eine Ecke des Hofs der Schmiede und grinste mit gelben Zähnen. „Se mach viele Leut."

Als er sah, dass der Bauer seinen Wink nicht verstand und verschwand, ignorierte er ihn, so gut er konnte, und holte sein Werkzeug. Mit der Zange in der einen Hand schob er seine andere Hand sanft an der Innenseite des linken Vorderlaufs hinunter. Sie hob das Bein brav an, und er entfernte das alte Eisen ohne Probleme. Als er sah, wie dicht am lebenden Gewebe der andere Schmied die Nägel gesetzt hatte, wurde ihm heiß vor Wut.

„Der Schmied in Ihrem Dorf ist ein brutaler Sadist", sagte er. „Oder er beherrscht sein Handwerk nicht. Ihre Wahl."

Der Mund des Bauern klappte auf, und seine Augen weiteten sich, aber er sagte keinen Ton.

„Es ist kein Wunder, dass sich die Stute vor Schmieden fürchtet. Er muss ihr oft genug ziemlich wehgetan haben." Hannes zwang sich, seine Wut herunterzuschlucken, und machte sich beim nächsten Bein an die Arbeit. Normalerweise würde er einen Huf nach dem anderen beschlagen, aber das schien hier nicht ratsam. Er würde die Stute betäuben müssen, bevor er neue Eisen anbringen konnte. In kürzester Zeit lagen alle vier Hufeisen auf dem Boden. Der Bauer hatte sich immer noch nicht gefasst.

Als nächstes holte Hannes noch ein paar Möhren und das Betäubungsgerät, den so genannten Friedensstifter. Das keine, schwarze Gerät injizierte ein Betäubungsmittel, dass es ihm erlauben würde, seine Arbeit zu erledigen, ohne dass das Tier unruhig werden konnte. Er stellte die Rädchen auf das ungefähre Gewicht der Stute ein und drückte es gegen ihren Nacken, während er eine Möhre an sie verfütterte. Als er den Auslöser drückte, zuckte die Stute, als wäre sie von einer Bremse gestochen worden, und kaute seelenruhig weiter. Bald hing ihr Kopf schläfrig herab, und sie entlastete ein Hinterbein, ein Zeichen, dass sie komplett entspannt war. Hannes machte sich an die Arbeit. Zügig, aber ohne übertriebene Eile, holte er eines vorbereiteten Hufeisen, passte es an, hämmerte es zurecht, bis es genau passte, kühlte es mit Wasser ab und nagelte es an den Huf. Dann schnitt er den Überstand des Hufnagels ab und holte er das nächste Eisen.

Während er arbeitete, sagte der Bauer kein einziges Wort. Er starrte Hannes mit großen Augen an und vergaß sogar, den Tabak zu kauen, den er sich neu in den Mund gesteckt hatte. Hannes wurde fertig, bevor die Betäubung nachließ.

„Boa! Das war irre." Der Bauer ließ das Halfter los, packte Hannes Hand und pumpte sie auf und ab.

„Ich werd nie wieder zu dem Idioten gehen. Von jetz' an kommt se zu dir, wenn se neue Schuh braucht. Versprochen!"

Als er ins Haus gegangen war, um die Gebühr zu bezahlen, klopfte Hannes dem Pferd auf den Hals, während das Tier langsam aus seiner Betäubung erwachte.

„Nächstes Mal brauchen wir den Friedensstifter nicht mehr, oder? Was meinst du, Süße?" Er schloss die Augen und atmete den Geruch von Pferdeäpfeln und warmem Fell ein, der der Stute anhaftete. Wie friedlich es ihn machte. Mit einem Seufzer wandte er sich ab, als der Bauer zurückkkam. Er hatte schließlich noch zu arbeiten. Der Gildemeister war nicht gerade für seine Geduld bekannt.

Zwanzig Silberstücke! Maggie starrte den Schmied an, der ihnen so viel Geld für ihre Holzkohle geboten hatte. Das war viel mehr, als sie vor zwei Monaten erhalten hatten. *Selbst die Hälfte würde uns durch den Winter bringen, wenn Vater nicht …* Ihre Gedanken schweiften ab, und so rief sie sich innerlich zur Ordnung.

„Herr, Ihr beraubt mich." Vater legte theatralisch eine Hand auf die Brust. „Seht doch, mein Schmuckstück braucht dringend neue Kleidung."

Das rhythmische Kling, Kling, Kling von Metall auf Metall klang durch die schwüle Nachmittagsluft, was darauf hindeutete, dass ein zweiter Schmied, vielleicht ein Lehrling oder Geselle, in der Schmiede arbeitete.

„Tut mir leid, mehr geht nicht, Junge. Nimm es oder lass es. Es gibt noch mehr Köhler, die ihre Ware zu diesem ziemlich vernünftigen Preis verkaufen werden." Der Schmied kreuzte die Arme vor der breiten Brust. Sein kurzer, weißer Bart sträubte sich in alle Richtungen, und sein rundes Gesicht mit den Schweinsaugen strahlte Endgültigkeit aus.

Maggie zupfte am Ärmel ihres Vaters. Als er sie ansah, schüttelte sie den Kopf. Der Schmied würde nicht höher bieten. Sie hatte ein Gespür dafür, wie hoch ein Kunde gehen würde, und ihr Vater wusste das. Also zuckte er mit den Schultern und streckte die Hand aus.

„Dann eben Zwanzig. Sie haben die beste Kohle der Gegend erstanden, Herr." Er winkte seiner Tochter sie solle mit dem Ausladen beginnen. Der Schmied sagte ihr, wo sie die Kohle abstellen sollte, und Maggie packte den ersten Sack. Während sie die Treppe zum Kohlebunker hinabstieg, hörte sie den Schmied rufen: „Hannes, hilf dem Mädel beim Ausladen!" Sofort hörte das Hämmern auf.

Zwanzig in Silber! Maggie konnte es kaum glauben. *Ich werde mir neue Holzschuhe kaufen können und vielleicht sogar einen kleinen Ballen Stoff, damit ich mein Kleid auslassen und Vaters Hose flicken kann.*

In Gedanken versunken trug sie die Holzkohlesäcke in den Keller und nahm keine Notiz von dem blonden, breitschultrigen jungen Mann, der ihr bei der Arbeit half. Sicherlich würde

Vater das gute Geschäft mit ein, zwei Bier begießen. Das gäbe ihr Gelegenheit, die Hälfte der Münzen aus seinem Beutel zu stibitzen – eine Fähigkeit, die sie schon früh im Leben erworben hatte. Ohne sie wäre Vater in dem Jahr verhungert, in dem ihre Mutter gestorben war.

Eine Stunde später bestellte ihr Vater in einer Schänke in der Nähe der Schmiede seine fünfte Bier-Schnaps Kombination, und Maggie hatte ihm immer noch kein Geld wegnehmen können. Mit Sorge sah sie den Berg aus Münzen vor ihm schrumpfen.

„Wir sollten etwas Geld für später aufheben", sagte sie, aber Vater hörte nicht.

„Hey, Wirt, wo bleibt mein Bier?" Er winkte, um die Aufmerksamkeit des Wirts auf sich zu ziehen. Als ihn der Mann nicht zu bemerken schien, stand er unsicher auf. Leicht schwankend packte er den Arm einer Kellnerin. „Ich will meinnn Bier unnn meinnn Schnaps."

„Nimm die Pfoten von meiner Magd." Der Wirt trat schneller an seine Seite, als erwartet. Die Muskeln seines massigen Körpers spielten unter seinem Hemd. „Du hast genug. Mehr kriegst du hier nicht. Nimm dein Geld und verschwinde."

„Also is mein Geld weniger wert als dass von annern?" Vater suchte offensichtlich Streit.

Maggie senkte den Kopf, um die harten Worte auszublenden. Es war so warm und gemütlich in dem Schankraum, dass sie ganz verdrängt hatte, dass sie irgendwann gehen mussten. Eine freundliche Hand auf ihrer Schulter ließ sie aufblicken. Die Magd hockte neben ihr und hielt ihr das restliche Geld entgegen.

„Hier, steck das ein, bevor er was merkt." Sie lächelte. „Mein Paps war genauso. Du kannst bei uns bleiben, wenn du willst. Meinen Chef würde es nicht stören." Sie nickte in Richtung Wirt, der Vater kraftvoll zu Tür schleifte. „Wie alt bist du überhaupt? Dreizehn?"

„Sechzehn." Maggies Stimme war so leise, dass sie sie kaum selbst hören konnte. Es war lange her, dass jemand freundlich zu ihr gewesen war. Normalerweise feilschte sie um billigere Preise oder Verlängerungen von Rückzahlungsfristen. Sie nahm das Geld und lächelte scheu. „Danke."

„Gern geschehen." Die Magd stand auf. „Komm. Ich stelle dich Reuven vor. Er ist wie ein Vater für mich. Er wird dich sicher mögen."

„Ich kann nicht. Vater braucht mich."

„Er behandelt dich wie Rattendreck, und das wird sich nie ändern. Glaub mir. Ich habe selbst viel zu lange so gelebt."

Maggie starrte die Hand an, die sich ihr entgegenstreckte. Sie hätte sie zu gerne genommen. Ein warmes Zuhause mit freundlichen Menschen darin war ihr großer Traum. Aber ohne sie wäre ihr Vater verloren. So sehr sie auch zugreifen wollte, sie brachte es nicht über sich.

„Tut mir leid", flüsterte sie. Mit Tränen in den Augen floh sie aus der Schänke. An der Tür prallte sie gegen den blonden Jüngling von der Schmiede. Die Muskeln unter seinem Hemd spannten den Stoff, als er zupackte, um sie zu stützen. Wegen ihrer Tränen wirkte er verschwommen, aber sie glaubte, Sorge in seinem freundlichen Gesicht zu erkennen. Warum nahm überhaupt jemand in dieser Stadt von ihr Notiz? Zuerst die Magd, jetzt er ... Maggie wusste nicht, was sie davon halten sollte. Sie entschuldigte sich leise und eilte hinaus. Draußen versteckte sie die Hälfte des verbliebenen Geldes in der geheimen Tasche ihres Rocks, dann sah sie sich nach ihrem Vater um. Er saß in der Gosse und starrte die Wirtschaft an, ohne sie zu sehen.

„Ich will'n Bier", murmelte er. „Maggie, Englschen, hilf mir."

Maggie nahm seine Hände und half ihm auf die Füße. Er schwankte bedenklich. Nach einem kurzen Blick in den Abendhimmel, der golden-blau über den Dächern strahlte, sagte sie: „Wir müssen einen Platz für die Nacht finden. Wegen der Ausgangssperre. Weißt du noch?"

„Ich brauch noch'n Bier. Unnich weiss genau, wo ich was krich." Vater stakste in Richtung der ärmeren Stadtviertel davon. Mit hängenden Schultern folgte ihm Maggie.

Er fand einen Platz in einem billigen Wirtshaus in einer schäbigen Seitenstraße. Nach zwei weiteren Bier-Schnaps Kombinationen, war er kurz davor, das Bewusstsein zu verlieren. Der Haufen Silbermünzen vor ihm war bedenklich geschrumpft, denn er hatte darauf bestanden, den anderen Männern in der Taverne eine Runde auszugeben. Trotzdem war es Maggie nicht gelungen, ein wenig Geld beiseite zu schaffen.

„Vater, hör bitte auf zu trinken." Maggie zupfte an seinem Ärmel. „Wir müssen einen Schlafplatz finden, damit wir nicht verhaftet werden."

„Nie … niemand wird mich verhaftn." Vater starrte sie mit blutunterlaufenen Augen an. „Gimmir mehr Geld."

„Das liegt auf dem Tisch." Maggie zeigte auf den mageren Rest vor ihrem Vater.

„Lüchnerin." Der Schlag schleuderte sie gegen die Wand. Ein paar Männer applaudierten. Vater grinste und bestellte eine weitere Runde. Maggie versuchte aufzustehen, aber ihr war zu schwindelig. Die pummelige Serviererin trat mit geübter Leichtigkeit über sie hinweg. Vater schob ihr die Münzen entgegen und schnappte sich ein Bier.

„Das ist nicht genug", sagte die Magd und nahm es ihm wieder weg. Erleichtert gelang es Maggie, auf die Beine zu kommen. Sie schwankte zu Vaters Tisch und stützte sich ab, um das Gleichgewicht zu halten. Wenn das Geld alle war, konnte sie Vater vielleicht überreden zu gehen. Bevor sie etwas sagen konnte, packte er ihren Rock und zerrte sie zu sich.

„Schie wird'n Rest ababreitn."

Das dünne Gewebe riss, und die so sorgsam versteckten Geldstücke fielen heraus. Sie klingelten, als sie auf dem Tisch und Boden aufschlugen. Vater starrte das Geld glupschäugig an.

„Das reicht schon." Die Magd schnappte sich ein paar Kupferstücke und ging, während Maggie schnell den Rest einsammelte.

„Mein Geld!" Mit einem Mal klang Vater völlig nüchtern. „Dieb!"

Maggies Kehle war wie ausgetrocknet.

„Wir brauchen es zum Überleben."

„Es ist meins! Ich entscheide, was ich damit tue." Der Schlag in ihr Gesicht kam unerwartet.

Schmerz schoss durch ihren Kopf, und der Boden kam ihr entgegen. Außerstande zu denken, starrte sie die verrußten Dielen an. Glühender Schmerz explodierte auf ihren Armen, ihrem Rücken, ihrer Brust, ihren Beinen. Winselnd rollte sie sich zusammen. Die Tränen, die ihr über das Gesicht liefen bemerkte sie nicht. Schlag um Schlag regnete auf sie herab. Weit, weit weg hörte Maggie Männerstimmen, die ihren Vater anfeuerten.

„Bitte", flüsterte sie. „Mutter zuliebe …"

Mit einem wütenden Brüllen verdoppelten sich die Stärke und Häufigkeit der Schläge. Dann hörten sie auf. Ein paar Worte der tiefen Stimme des Gastwirts durchdrangen Maggies schwindendes Bewusstsein.

„… es … sie zu Brei … nicht … meinem Gasthof."

Bevor die Satzfetzen einen Sinn ergaben, wurde ihr schwarz vor Augen.

***

Nach dem Frühstück nahm Hannes den kleinen Umschlag und das Portmonee, das ihm sein Meister gegeben hatte, und machte sich wie jeden Morgen auf den Weg zur Bäckerei im Südbezirk. Dieses Mal jedoch fragte er sich nicht, ob sein Meister in die Bäckerin verliebt war. Seine Gedanken wandten sich der scheuen, dunkelhaarigen Tochter des Köhlers zu. Jedes Mal wenn er an ihre traurigen Augen dachte, zog sich sein Herz schmerzhaft zusammen. Wie sehnte er sich danach, sie zum Lächeln zu bringen. Sie würde sich wahrscheinlich in eine wahre

Schönheit verwandeln, wenn sie jemals lächeln würde. Ihre feinen Gesichtszüge, die glatte Haut und ihre riesengroßen, braunen Augen ... Er seufzte. Wie schade, dass er sie wahrscheinlich nie wiedersehen würde. Er bog um die Ecke zum zentralen Marktplatz. Sehr wenige Verkäufer hatten schon geöffnet. Das würde auf seinem Rückweg anders aussehen.

Als er zu den Ständen der Lumpenhändler kam, atmete er so flach wie möglich. Obwohl die meisten immer noch geschlossen waren, stanken sie immer nach Papierbrei, denn die meisten Eigentümer sammelten die Lumpen nicht nur, sondern bereiteten auch den Brei für die Papierfabrik vor. Der süß-saure Gestank, der in der Luft um ihre Stände hing, war der Grund, warum das Marktkomitee sie in die entfernteste Ecke des Marktes verbannt hatte. Leider führte ihn sein Weg zur Bäckerei jeden Morgen an ihnen vorbei. Er ging schneller, bis er sich einem Stand näherte, der schon offen war. Zu seiner Überraschung stand der Köhler davor und feilschte mit dem Lumpensammler. Seine Tochter stand in eine alte, löchrige Decke gewickelt neben ihm.

„Ich weiß, dass du viel mehr dafür bekommst als das", sagte der Köhler. Er schob etwas, das wie das Kleid des Mädchens aussah, in die Hände des Händlers.

„Ich kann dir nicht mehr als drei Kupferstücke geben, basta." Der Mann schwenkte den Fensterladen aufwärts, mit dem er seinen kleinen Stand verschließen konnte, und der außerdem als Regenschutz fungierte. Mit einem Stab aus Metall klemmte er ihn fest.

Wie die Motorhaube eines Dampfwagens, dachte Hannes. Er ging langsam und tat so, als betrachtete er die bunte Gebrauchtkleidung, die an einem Ständer vor dem Laden hing.

„Aber ich brauche das Geld." Der Köhler zeigte auf seine Tochter. „Meine Tochter ist krank und braucht Medizin."

„Nun, in diesem Fall solltest du Sozialhilfe beantragen und dem Mädchen ihr Kleid lassen. Sie kriegt 'ne Lungenentzündung wenn sie in dieser Decke bleibt." Der Lumpenhändler schien ohne Mitleid. Hannes vermutete, dass er schon Schlimmeres gesehen hatte. Sein Herz sank, als er das Mädchen ansah, dessen Namen er nicht einmal wusste, und dessen Bild ihn heimsuchte, seit er sie getroffen hatte. Sie starrte auf den Boden, so bleich wie ein Geist. Dunkle Schatten um ihre Augen wirkten wie blaue Flecken. Zweifellos brauchte sie Hilfe. Sein Herz tat weh, wenn er sie kurz ansah. Wenn er sie nur zu seinem Meister mitnehmen könnte. Sie würden sie sicher in kürzester Zeit aufpäppeln. Aber er wusste, dass sein Meister den Vater des Mädchens verachtete. Er handelte zwar mit Köhlern, verkehrte aber gesellschaftlich nicht mit ihnen. In dem Sinn war er ein Snob, aber das störte Hannes nicht besonders. Obwohl … in diesem Augenblick hätte er gerne Vernunft in seinen Meister geschüttelt. *Nun,* dachte er, *nur noch ein halbes Jahr bis zu meiner Meisterprüfung. Dann kaufe ich meinen eigenen Laden.* Er dachte an den Berg Münzen, den er in der Bank deponiert hatte. Er würde sich nur eine kleine Schmiede in einem weit entfernten Dorf leisten können, aber das passte ihm gut. Er zog Pferde und Pflüge den Dampfwagen vor.

Während seine Gedanken drifteten, war der Köhler immer wütender geworden. Er schrie den Lumpenhändler an. Gerade als Hannes sich entschied zu gehen, ohne sich einzumischen, packte der wütende Mann den Kragen des Händlers und schüttelte ihn.

„Wenn du mir kein Geld gibst, boxe ich es aus dir heraus."

„Ich gebe dir ein halbes Silberstück", hörte Hannes sich selbst sagen. Überrascht legte er eine Hand über seinen Mund. Was hatte ihn dazu getrieben, das zu sagen? Aber es hatte die gewünschte Wirkung. Der Köhler ließ den Lumpenhändler los, der sofort in seinen Stand huschte und die Tür hinter sich zuschlug.

„Ein halbes Silberstück?" Der Köhler runzelte die Stirn. „Was willst du mit einem Kleid?"

„Willst du das Geld oder nicht?" Hannes wollte nicht diskutieren. Er war nicht mal sicher, warum er das überhaupt tat.

„Ich nehme es." Der Mann gab ihm das Kleid und wartete ungeduldig auf das Geld.

Wenn man bedachte, wie heftig der Mann um ein paar Münzen gefeilscht hatte, ging Hannes davon aus, dass er kein Wechselgeld haben würde. Also zählte er sechs Kupferstücke ab und reichte sie dem Mann. Dann gab er dem Mädchen das Kleid. „Der Lumpensammler hat recht, weißt du? Du wirst ernsthaft krank, wenn du dir nicht etwas Warmes anziehst."

„Sie braucht es nicht zurück", sagte der Vater. „Du hast es gekauft."

Hannes richtete sich zu seiner vollen Größe auf. Er war kaum kleiner als der Köhler und viel kompakter. Er war sich sicher, dass er mit dem Mann fertig werden könnte, wenn es dicke kam.

„Du hast Recht. Ich habe das Kleid gekauft. Deshalb kann ich damit tun, was ich will. Und ich will es deiner Tochter geben." Er starrte den Köhler an, und zu seiner Überraschung sank der Mann in sich zusammen.

„Selbstverständlich, mein Herr. Natürlich können Sie es schenken, wem Sie wollen. Entschuldigung, mein Herr."

„Der Rat des Lumpensammlers war gut. In der Nähe des Südtors gibt es ein Zentrum der Wohlfahrt. Dort werden sie die Krankheit deiner Tochter gegen ein wenig leichte Arbeit behandeln." Hannes wandte sich dem Mädchen zu. Der bewundernde Blick in ihren Augen ließ ihn erröten. Niemand hatte ihn je so dankbar angesehen. Er verbeugte sich, um die Farbe seiner Wangen zu verstecken. „Fräulein …" So schnell er konnte, drehte er sich um und ging weg.

„Ich bin Maggie", rief das Mädchen. „Danke, mein Herr."

„Und ich bin Hannes." Er drehte sich halb um und winkte, bevor er davon eilte. *Maggie … Ich frage mich, ob es eine Abkürzung für Margarete ist. Wetten, dass?* Lächelnd ging er zur Bäckerei, ohne irgendjemanden oder irgendetwas auf seinem Weg zu bemerken. Plötzlich war Margarete der schönste Name der Welt.

Mit Vaters Rücken im Blick, gelang es Maggie, sich ihr Kleid anzuziehen, ohne die Decke loszulassen. Sie fühlte sich immer noch wie in einem Traum. Der Gastwirt hatte sie in dem Moment rausgeworfen, als die Ausgangssperre am Morgen vorüber war, und sie aufgefordert, nie wiederzukommen. Seitdem war alles wie in einem Wirbelwind an ihr vorbeigegangen. Maggie war sich immer noch nicht sicher, ob alles wirklich so geschehen war. Sie erinnerte sich daran, dass Vater viel gejammert hatte, ein Zeichen dafür, dass er langsam wieder nüchtern wurde. Dann gab es seine seltsame Forderung, dass sie ihr Kleid verkaufen müssten. Den Grund hatte sie bis jetzt nicht begriffen. Vater hatte etwas über einen Freund gemurmelt, dem sie Geld schulden würden. Und zu guter Letzt der Assistent des Schmieds. Wie kam er dazu, ihr zu helfen? Sie bedachte seinen Namen. Hannes. Einfach, aber irgendwie nett. Verwirrt und dankbar zwang sie ihre wunden Finger dazu, die Schleife ihrer Schürze zu binden. Glücklicherweise hatte sie sich letzte Nacht trotz der Wildheit der Prügel, die sie von ihrem Vater bezog, nichts gebrochen. Dieser verdammte Alkohol. Wenn sie ihn nur aus der Welt tilgen könnte.

„Meine Güte, tut mir der Kopf weh." Vater legte beide Hände gegen seine Schläfen und seufzte. „Bist du fertig, Süße?"

„Ja, Vater." Maggie faltete die Decke zusammen, schob ihre Sorgen beiseite und konzentrierte sich auf das hier und jetzt. Wenn Vater nüchtern war, war er der netteste Mann der Welt. Nach einem Besäufnis wie dem der letzten Nacht war er oft milder gestimmt als sonst. Was ihr wirklich Angst machte, waren die Schläge. So etwas hatte er nie zuvor getan. Da sie keine Wiederholung wollte, würde sie aufpassen müssen, dass er keinen Alkohol mehr bekam. Keine leichte Aufgabe.

„Wir sollten vielleicht etwas essen", schlug Vater vor. „Der Junge hat uns fast genug gegeben, um alle Schulden zu bezahlen. Ich könnte dir ein Brötchen kaufen."

„Lass uns lieber Schwarzbrot kaufen", schlug Maggie vor, obwohl ihr Magen wie ein Wolf knurrte. „Es hält sich länger."

Einige Minuten später hatten sie einen großzügigen Laib des billigsten Brots gekauft, das sie finden konnten, und sich eine Scheibe neben dem Brunnen in der Mitte des Markts geteilt. Maggie wickelte den Rest des Brots in das Papier zurück und machte ein Bündel aus ihm und der Decke.

„Vielleicht kann ich irgendwo ein wenig arbeiten", sagte sie. „Nur lange genug, dass wir durch den Winter kommen."

„Ich wollte das nicht … Es tut mir so leid, Süße." Vaters Stimme zitterte. „Ich hatte nicht vor, dir wehzutun. Ich weiß gar nicht, was über mich gekommen ist, aber ich schwöre, dass ich es nie, nie wieder tue. Bitte verlass mich nicht. Ich würde das nicht überleben."

Bevor Maggie das Missverständnis aufklären konnte, trat ein hagerer Fremder zu ihnen, der vage vertraut aussah. Er trug graue Kleidung, und sogar sein Gesicht erschien sonderbar farblos, was wahrscheinlich an seinem dünnen, grauen Haar und den weißlichen Bartstoppeln lag. Der Blick, den er ihr zuwarf, ließ Maggie einen kalten Schauer über den Rücken laufen.

„Guten Morgen, Robert … Prinzessin." Er verbeugte sich vor ihnen und setzte sich dann neben Maggie auf die niedrige Mauer des Brunnens. „Sag, was ist mit dem Geld, das du mir schuldest, Robert, Kumpel?"

Maggie wollte wegrutschen, was aber mit Vater auf der einen und dem Fremden auf der anderen Seite nicht ging.

„Ich habe das meiste davon zusammen, Charles." Vater reichte ihm, was von dem Geld übrig war, das der Assistent des Schmieds ihnen gegeben hatte. Maggie sah es mit Bedauern. Aber es war besser zu betteln als diesem Mann etwas zu schulden.

„Das meiste?" Charles zog eine Augenbraue in die Höhe.

„Es ist nicht leicht, so früh am Morgen Geld aufzutreiben." Vater zeigte auf den Markt, wo die Stände eben erst öffneten. Es würde noch eine Weile dauern, bevor die Kunden kamen. Charles lachte.

„Na ja, du kannst ja immer noch den Sklavenhändlern deine schöne Tochter verkaufen. Die stehen auf Schönheiten wie sie." Er kniff in Maggies Hintern, und sie quietschte. Wie konnte er es wagen! Schlagartig wurde ihr klar, dass dies die Gelegenheit war, auf die sie gewartet hatte. Wütend sprang sie auf.

„Lass deine Hände von mir." Überrascht von dem Ärger in ihrer Stimme, schloss sie schnell den Mund.

„Ich würde meinen Liebling niemals verkaufen. Das hab ich dir schon letzte Nacht gesagt." Vater stand auf, stellte sich hinter Maggie und legte beide Hände auf ihre Schultern. Für einen kurzen Moment, fühlte sie sich wieder beschützt. So wie früher.

„Hey, das war nur ein Witz." Charles hob beide Hände in einer abwehrenden Geste und wechselte das Thema. „Übrigens habe ich gute Neuigkeiten für dich. Ein Freund von mir plant heute Abend eine geheimes Treffen mit seiner Liebsten, und er braucht einen Kutscher und einen Diener."

„Warum das?" Maggie wurde das Gefühl nicht los, dass ihr Vater durch alles, was Charles vorschlug, in Schwierigkeiten geraten würde.

„Wenn du's wissen musst … die Eltern seiner Liebsten billigen ihn nicht. Also braucht er Leute, die sein Geheimnis bewahren können." Charles starrte sie an, und Maggie fühlte sich, als ob sie etwas Schleimiges berührt hätte. Obwohl er mit ihrem Vater sprach, klebte sein Blick an ihr. „Ich dachte, dass jemand, der die Stadt in Kürze verlässt, der beste Schutz wäre. Also habe ich dich als Butler vorgeschlagen, Robert."

„Ich habe noch nie jemanden bedient." Vater klang unsicher, trat aber einen Schritt vor, bis er neben Maggie stand.

„Mein Freund zahlt gut. Er sagte was von sieben Silberstücken für den Abend."

Geh nicht, wollte Maggie schreien, aber dafür gab es keinen Grund. Sie brauchten das Geld wirklich … und wer war sie, dass sie einem liebenden Paar das Recht absprechen wollte, sich heimlich zu treffen. Moment mal!

„Wie können wir sicher sein, dass dein Freund nicht einer dieser Entführer ist?" Das Gesicht ihres Vaters schoss mit großen Augen zu ihr herum, und Maggie war stolz, dass sie diese Idee gehabt hatte. „Schließlich sind wir mehrfach gewarnt worden, dass in dieser Stadt Mädchen verschwinden."

„Ich würde nie einen Freund in etwas Illegales hineinziehen", sagte Charles. „Aber als Beweis, dass, das, was mein Freund tun will, völlig legal ist, ist hier seine Karte mit seiner Anschrift und seinem Wappenschild. Sollte dem betreffenden Mädchen Schaden widerfahren, könnt ihr ihn bei der Polizei anzeigen. Sie bezahlen euch wahrscheinlich sogar eine Belohnung, sollte er sich als schuldig erweisen."

Maggie öffnete den Mund, um noch einmal zu widersprechen, aber sie hatte im Moment keine weiteren Argumente; nur ihr Misstrauen Charles gegenüber. Aber was, wenn das nur ihre persönliche Abneigung war, weil er sie immer so anstarrte, als wolle er ihre Kleidung in Fetzen reißen? Sie zuckte mit den Schultern, und der Blick ihres Vaters wandte sich von ihr ab, als hätte sie ihm die Erlaubnis gegeben, die Arbeit anzunehmen.

„Schön", sagte er. „Wo treffen wir uns, und wann soll ich dort sein?"

„Wir treffen uns zwei Stunden vor Einbruch der Nacht an der Taverne." Plötzlich war Charles ganz der Geschäftsmann. „Du musst dich waschen und passend kleiden, um als Diener eines Friedensrichters durchzugehen. Und ich muss dir die Grundzüge des Benimms beibringen. Wir wollen ja nicht, dass die Eltern misstrauisch werden, nicht wahr?"

„Wann wird Vater bezahlt?" Maggie dachte, dass, wenn schon die Aufgabe selbst nicht faul war, es vielleicht die großzügige Bezahlung wäre.

„Er bekommt die Hälfte heute Abend in der Taverne, und die andere Hälfte am nächsten Morgen." Charles grinste und enthüllte dabei krumme, gelbe Zähne. „Sorg dich nicht, Liebes. Ihr bekommt schon, was ihr verdient."

Warum jagten ihr seine Worte einen Schauer über den Rücken?

Nachdem Hannes die Glut mit Asche abgedeckt hatte, hängte er seine Lederschürze an den Haken neben der Tür. Er gähnte. Es war ein langer und anstrengender Tag gewesen. Zuerst hatte er zwei kaputte Achsen repariert – warum konnten die Eigentümer von Dampfwagen eigentlich nicht besser aufpassen? Sie wussten doch, dass die Straßen schlecht waren – und dann war sein Meister den halben Tag lang wegen wichtiger Besorgungen unterwegs gewesen und hatte ihn mal wieder mit den Vorbereitungen der Steuerunterlagen allein gelassen. Der Meister musste immer etwas besorgen, wenn die Steuerprüfung anstand. Hannes grinste und gähnte noch einmal, während er nach dem großen Schlüssel griff, der das große Tor der Schmiede abschloss. Er konnte nicht entscheiden, was schwerer gewesen war, die schwere Arbeit in der Schmiede oder die ermüdenden Berechnungen, die notwendig waren, um ihre Steuern zu erklären. Wenigstens war das meiste davon fertig. Jetzt musste er nur noch die Belege richtig sortieren, dann konnte der Meister seine Steuererklärung abgeben.

Eine Hand schob das Tor auf, das Hannes gerade abschließen wollte.

„Warte einen Moment." Ein Mann in der kanarienvogelgelben Livree der Nachtwächter versuchte, sich durch den Spalt zu schieben. „Meine Hellebarde muss dringend noch geschärft werden."

„Wir schließen gerade zur Nacht", sagte Hannes und drückte mit seinem ganzen Gewicht gegen die Tür, um sie zu schließen. Er hatte sich seine Freizeit verdient.

„Bitte." Der beleibte Mann schnaufte wie ein Dampfwagen. „Ich muss in einer Stunde im Dienst sein, und mein Hauptwachtmeister wirft mich raus, wenn er sieht, dass meine Hellebarde schon wieder stumpf ist. Wegen den Entführern und so …"

Er sah so Mitleid erweckend aus, dass Hannes nachgab. Wenigstens musste er die Esse nicht wieder anheizen, um die Waffe zu schärfen. Er trat zurück und ließ den Nachtwächter eintreten. Als auch der flatternde Umhang innerhalb der Schmiede war, drückte er das Tor zu und schloss es ab. Dann drehte er sich um und streckte die Hand nach der Hellebarde aus.

„Danke vielmals." Der Nachtwächter gab ihm die Waffe und nahm den Helm ab. Schweißperlen bildeten sich auf seiner Stirn. „Die Bürger werden ewig dankbar sein. Dank dir kann ich die Nacht wieder sicherer machen. Während ich im Dienst bin, wird kein weiteres Mädchen entführt."

Hannes hörte dem Geplapper des Mannes nicht länger zu, der von seiner Arbeit erzählte, sondern untersuchte die Hellebarde. Es war das erste Mal, als er eine in der Hand hielt, da die meisten Nachtwächter zu einer Schmiede im Nordbezirk gingen, wo die reichen Händler und Handwerker lebten. Die Waffe war von sehr guter Qualität, und die Gravierungen fein in die oberste Schicht des Metalls eingearbeitet. Die Klinge war jedoch so stumpf, dass sie nicht einmal mehr einen Grashalm schneiden würde. Hannes warf die Dampfmaschine an und kuppelte die Zahnräder des Schleifsteins ein, dankbar dafür, dass die Schmiede nicht mehr von einem Rad im Fluss oder von Muskelkraft abhängig war. Langsam senkte er die Klinge auf den sich schnell drehenden Stein. Das hohe Kreischen übertönte die Prahlerei des Wachmannes. Hannes konnte sehen, wie sich sein Mund bewegte, aber er hörte nichts mehr. Das war ihm gerade recht. Er hielt nicht viel von den untrainierten, oft übergewichtigen Männern in kanarienvogelgelben Uniformen, die der Magistrat beschäftigte, um die Nächte zu sichern. Sie konnten gut die Stunden verkünden und gelegentlich ein Feuer melden bevor es sich ausbreitete, aber seiner Meinung nach waren sie völlig nutzlos gegen die Entführer. *Die Stadt bräuchte eine schlagkräftige Wachmannschaft mit starken, gut ausgebildeten Männern. Aber solange die Töchter der reichen Bürger nicht betroffen sind, ist eine solche Truppe noch in weiter Ferne.* Er drehte die Klinge, um die andere Seite zu schärfen. Einige Minuten später war er fertig und schaltete die Maschine aus.

„Sechs Kupfer", sagte er.

„Ich habe sie hier irgendwo. Nur einen Moment." Der Nachtwächter wühlte in den Taschen seiner silber-schwarzen Weste herum. „Wäre es nicht lustig, wenn ich aufgrund der geschärften Hellebarde die Belohnung verdiene?"

„Welche Belohnung?"

„Hast du die neue Proklamation nicht gelesen? Letzte Nacht verschwand schon wieder ein Mädchen, eins aus dem Nordbezirk. Der Vater zwang den Stadtrat, eine Belohnung für all jene auszuloben, die irgendwelche Information über den Verbleib der Entführer haben."

„Für jeden? Das ist ungewöhnlich." Hannes gab dem Wachmann die Hellebarde zurück.

„Es zeigt, wie verzweifelt der Vater ist, meinst du nicht? Ich wäre es auch, wenn es meine Tochter wäre. Glücklicherweise bin ich noch nicht verheiratet." Der Wachmann lachte, reichte Hannes aber endlich die Kupferstücke. „Zu viel Ärger. Man könnte sagen, dass ich mit meinem Beruf verheiratet bin."

Bevor er eine weitere Tirade darüber loswerden konnte, wie eine Bande übergewichtiger Männer die Stadt vor Sklavenhändlern schützte, brachte Hannes ihn zur Tür. Mit Komplimenten über sein Pflichtgefühl komplimentierte er ihn aus der Schmiede. *So ein Idiot*, dachte er und ging in den Wohnbereich des Hauses, um sich ein herzhaftes Abendessen vorzubereiten, dass ihm die Kraft für den abschließenden Kampf mit den Steuerunterlagen geben sollte.

„Du solltest mehr essen." Charles gab Maggie ein Bein von dem Brathähnchen, das er ihnen zum Abendessen bestellt hatte, als sie zwei Stunden vor Einbruch der Nacht im Gasthaus angekommen waren. „Du könntest ein paar mehr Kurven vertragen. Sonst hat ein Mann ja nichts zum Anfassen."

Maggie schüttelte sich und hätte das Fleisch zu gerne abgelehnt, aber ihr Hunger war zu groß, und Fleisch hatte sie seit einer Ewigkeit nicht mehr gegessen – das letzte Mal war es ein zähes Kaninchen gewesen, das Vater im Wald erbeutet hatte. Sie nahm das Hühnerbein und wünschte sich, ihr Vater hätte sie nicht mit Charles alleine gelassen. In dem Moment kam Vater die Treppe herunter. Charles hatte den Gastwirt davon überzeugt, dass es seine Gäste, von denen einige schon auf den Bänken an den befleckten Tischen hockten, stören würde, wenn sich ihr Vater in der Schankstube ausziehen und waschen würde. Deshalb bekam Vater ein winziges Zimmer im Dachgeschoss. Er kehrte als neuer Mann zurück: sauber, rasiert, mit einem gut sitzenden Haarschnitt und in neuer Kleidung. Maggie erkannte ihn kaum wieder.

„Na", sagte Charles, „wenn das mal keine Veränderung ist!"

„Es fühlt sich ungewohnt an." Vater zog am Kragen des Hemds.

Maggie schluckte das Fleisch hinunter, das sie gerade abgebissen hatte und sagte: „Aber es sieht großartig aus."

Vater lächelte sie an, und der Knoten aus Sorge, der sie begleitete, seit sie Charles getroffen hatten, verpuffte. Alles wäre bald wieder in Ordnung.

„Du kannst die Klamotten behalten, wenn die Arbeit getan ist", sagte Charles. „Sie stehen dir gut."

„Wenn du so gut aussiehst, könntest du möglicherweise eine neue Arbeit finden", sagte Maggie. „Du solltest nicht länger allein im Wald arbeiten."

„Ich bin nun mal ein Köhler, Maggie. Und Nichts ändert daran etwas." Er lächelte sie an. „Ich wünschte nur, dass es einen Job für dich geben würde, bei dem du auch anständige Kleidung bekommst. Aber das ist das erste, was wir von meinem Verdienst kaufen werden. Versprochen."

„Ich weiß was Besseres", sagte Charles. „Eine Freundin von mir sucht einen Lehrling. Sie besitzt eine Bäckerei und braucht ein Mädchen, das gut genug aussieht, um den Kunden zu gefallen, und das fleißig genug ist, um das Handwerk zu lernen."

Charles schien viele Freunde zu haben. Trotzdem klang der Vorschlag zu gut, um wahr zu sein. Lehrling einer Bäckerin … Maggie kämpfte gegen die aufsteigende Hoffnung. Wie anders könnte ihr Leben sein, wenn sie diejenige wäre, die die Familie durchbrachte. Wenn Vater von ihrem Geld abhängig wäre, würde er viel weniger trinken können, und so etwas wie die Prügel würde nie wieder passieren. Aber es war besser, nicht zu viel darüber nachzudenken.

„Das klingt großartig", sagte Vater. „Bist du sicher, dass Maggie ihr nicht zu zart sein wird? Wir konnten uns in letzter Zeit nicht viel Essen leisten."

„Das wird kein Problem sein. Wenn ich mich für sie verbürge, nimmt Sally sie bestimmt auf. Und als Bäckerlehrling wird sie in kürzester Zeit aufgepäppelt sein." Charles zeigte auf das Hühnchen. „Jetzt setz dich und iss, während ich dir erkläre, wie du dich benehmen musst. Es ist wichtig, dass du genau weißt, wie sich ein Diener dem Sohn eines Friedensrichters gegenüber zu verhalten hat."

Maggie aß schweigend und sah zu, wie ihr Vater mit großem Vergnügen aß. Zum ersten Mal seit sie in der Stadt angekommen waren, fühlte sie eine gewisse Zuversicht. Sicher würden sich die Dinge bald ändern.

Eine halbe Stunde später gingen sie über den Markt in Richtung Bäckerei. Die meisten Läden waren bereits dabei zu schließen. Da

Charles und Vater noch Zeit hatten, bevor sie ihren Arbeitgeber trafen, hatte Charles beschlossen, die freie Zeit zu nutzen. Die Türglocke der Bäckerei klingelte, als sie eintraten. Der gefliese Verkaufsbereich und die gelb gestrichenen Wände des restlichen Ladens gefielen Maggie sofort. Die hohe Theke war ganz aus Glas, so dass die ausgestellten Kuchen, Muffins und Brötchen gut zu sehen waren. Der Raum wirkte dadurch vornehm. Maggie hatte so etwas noch nie gesehen. Es wäre toll, wenn sie wirklich an so einem Ort arbeiten dürfte. Doch dann wurde ihr das Herz schwer. Mit einem so fleckenlosen Verkaufsraum würde niemand, der bei vollem Verstand war, eine so schmuddelige Halbwaise wie sie als Lehrling annehmen.

„Holla", rief Charles.

„Bin in einer Minute da", rief jemand aus den hinteren Räumlichkeiten. „Das Mädchen ist heute etwas früher gegangen. Ich bin also ganz alleine im Laden."

„Kein Grund zur Eile, Sally. Bin ja nur ich", sagte Charles. „Ich bring dir einen neuen Lehrling."

„Kein Scherz?" Eine schlanke Frau mittleren Alters in einer mehlbefleckten Schürze und einem geblümten Kleid betrat den Verkaufsraum, während sie ihre Hände an einem Handtuch abwischte. „Das ist außerordentlich nett von dir. Hast du ihr schon Etwas versprochen?"

Maggie fand, dass das eine seltsame Frage sei. Wie konnte Charles Versprechungen machen, wenn ihm die Bäckerei gar nicht gehörte?

„Nein." Charles schob Maggie vor und zeigte auf ihren Vater. „Dies ist das Mädchen, und das ist Robert, ihr Vater."

„Oh je!" Sally schlug beide Hände vor den Mund, als sie Maggie sah.

Das Mädchen fühlte, wie ihre Hoffnung zerbrach, und senkte den Kopf. Sie hatte Recht gehabt. Dieser Laden war zu schön für Leute wie sie. Sally beugte sich zu ihr hinunter und hob ihr Gesicht sanft mit beiden Händen and.

„Was zur Hölle ist mit dir passiert, Mädchen? Du siehst ja aus, als hätte dich eine Gnuherde zertrampelt."

„Das war ein unglückseliger Unfall. Ihr Vater hatte ein wenig über den Durst getrunken."

Sally richtete sich auf und funkelte Vater wütend an.

„In dem Fall muss ich darauf bestehen, dass Sie mein Geschäft sofort verlassen, mein Herr."

Maggie versuchte, sich einzureden, dass die Zurückweisung nicht wichtig war, aber der Schmerz blieb. Sie unterdrückte einen Seufzer und drehte sich um, um ihrem Vater zu folgen, der die Tür bereits wortlos geöffnet hatte.

„Du nicht, meine Liebe." Sally legte eine Hand auf Maggies Schulter.

Vater drehte sich wieder um.

„Du kannst meine Tochter nicht gegen meinen Willen hier behalten. Ich bin immer noch ihr Erziehungsberechtigter."

„Wegen der Misshandlung eines Kindes kann ich dich jederzeit anzeigen." Sally blieb standhaft.

„Es ist nur ein einziges Mal passiert, und ich war viel zu blau, um zu wissen, was ich tat."

Maggie war von der Energie ihres Vaters überrascht. Er liebte sie wohl doch. Wärme breitete sich in ihr aus, als er weitersprach.

„Sie ist meine Tochter, und ich bin für sie verantwortlich, solange ich lebe."

„Das stelle ich nicht in Frage", sagte Sally. „Aber solange sie mein Lehrling ist, will ich dich niemals in meinem Laden sehen. Wenn sie darauf besteht, ihre Freizeit mit dir zu verbringen, gibt es nichts, was ich dagegen tun kann, ganz gleich wie wenig mir das gefällt."

„Was ist mit ihrem Lohn?", fragte Charles. Maggie war froh, dass er versuchte, die Situation zu entspannen. „Du zahlst ihr doch bestimmt ein Gehalt, oder?"

„Natürlich." Sallys Blick verließ Vater nicht. „Ich bezahle ihre drei Kupferstücke pro Woche. Aber solange sie nicht volljährig ist, verwahre ich das Geld für sie. Samstags wird sie frei haben."

„Das klingt gut." Vater lächelte, ohne dass es seine Augen erreichte. „Solange ich sie sehen kann, finde ich einen Weg, auf eigenen Beinen zu stehen." Er ging in den Laden zurück, beugte sich zu Maggie und umarmte sie. Sie wurde steif. Das hatte er nicht mehr getan, seit ihre Mutter vor drei Jahren im reißenden Wasser eines Bergflusses ertrunken war. „Pass gut auf dich auf, Süße, und sorge dich nicht um mich. Mir wird es gut gehen. Wir sehen uns Samstag, ja?"

Maggie nickte. Der Klumpen in ihrem Hals machte es schwer zu sprechen. Als Vater den Laden verließ, blinzelte sie ihre Tränen weg.

„Dies wird jetzt dein Zuhause sein. Komm mit mir, Kind." Sally zeigte auf die Tür hinter dem Tresen. Dann wandte sie sich Charles zu und grinste. Ihre Zähne waren beinahe so gelb wie seine. Ob sie auch Tabak kaute?

„Danke für das frische Blut, Kumpel", sagte sie und schob Maggie zur Tür.

Es ist schon komisch, dass so sogar wohlhabende Leute Tabak kauen, dachte Maggie, als sie Sally durch die Tür in einen weiß gestrichenen Korridor mit einer engen Treppe auf der linken Seite folgte. Drei Stockwerke höher erreichten sie ein kleines, aber gemütlich eingerichtetes Zimmer mit einem Fenster, aus dem man den Marktplatz sehen konnte. Die dunklen Holzmöbel, ein Schrank und eine Anrichte, kontrastierten hübsch mit den weißen Wänden. Das Bett war mit weißer Wäsche bezogen, und ein Bild einer Waldlichtung hing darüber. Maggie war noch nie in einem so luxuriösen Zimmer gewesen.

„Das ist jetzt alles deins", sagte Sally. „Da sind ein Paar Kleider in der Garderobe. Das Mädchen vor dir hat sie hiergelassen, als sie durchgebrannt ist. Wahrscheinlich haben sie ihr sowieso nicht mehr gepasst. Du kannst also irgendeines auswählen."

34

Maggie kämpfte gegen Tränen. Es war so neu für sie, bei Kleidung die Wahl zu haben, dass es ihr schwer fiel, die Schranktür zu öffnen.

„Ich lasse dich erst mal allein. Hast du zu Abend gegessen?"

Maggie nickte, und Sally fuhr fort.

„Geh nicht zu spät zu Bett. Wir müssen um drei Uhr früh mit der Arbeit beginnen. Ich wecke dich."

Maggies Magen verkrampfte, und sie packte Sallys Arm.

„Was ist, wenn ich Fehler mache?"

„Hey, jeder Lehrling macht Fehler bis sie genug Erfahrungen gesammelt hat. Keine Sorge." Sally tätschelte ihre Hand und ging dann.

Verblüfft schaute Maggie sich im Zimmer um. In ihrem Zimmer! Sie blinzelte die Tränen weg. Wenn sie sich nicht ganz sicher gewesen wäre, dass sie die Prügel ihres Vaters überlebt hatte, hätte sie geglaubt im Himmel zu sein. Sie kniff sich, um sich zu vergewissern, dass sie nicht träumte. Der Schmerz gab ihr den Mut, die Garderobe zu öffnen.

Hannes stellte gerade das Geschirr weg, als die Hintertür aufging und sein Meister eintrat. Seine Hände waren mit Öl beschmiert, das er an einem Stofffetzen abwischte.

„Der Dampfwagen des Grafen fährt wieder. Der Unfall scheint ziemlich heftig gewesen zu sein." Er lachte laut. „Übrigens wollte er wissen, ob er es morgen schon wieder abholen könne, aber es fehlen immer noch die Zierstücke. Kannst du zu Suliman hinüberlaufen und sie abholen? Er meinte gestern, dass sie fertig wären, aber ich hatte keine Zeit."

Hannes überschlug wie lange er brauchen würde, um zum Goldschmied und zurück zu gehen. Wenn er sich beeilte, könnte er es vor der Ausgangssperre schaffen. Wenn er nur nicht so müde wäre.

„Kann ich das nicht morgen früh machen?"

„Suliman wird morgen sehr früh zu einer Reise in den Süden aufbrechen, um seine Schwiegereltern zu besuchen. Ich glaube nicht, dass er den Laden vorher noch einmal öffnet. Kannst du bitte gehen?" Sein Meister verzog sein Bulldoggengesicht zu einem Grinsen, das offensichtlich flehend wirken sollte. Stattdessen sah er aus, als wäre er direkt aus einem Alptraum entsprungen.

Hannes lachte.

„Also gut, ich gehe." Er hatte diesem Grinsen noch nie etwas ausschlagen können, und wusste, dass sein Meister das wusste. Er schlüpfte in seinen Mantel – die Abende waren bereits ziemlich kühl – und eilte zum Bezirk der Goldschmiede, der nicht weit vom Bezirk der Schmiede lag. Wenn er die Abkürzung durch das Wohngebiet der Reichen nahm, wäre er bestimmt vor Einbruch der Nacht zurück. Hannes ging so schnell er konnte, ohne zu rennen, und erreichte den Laden gerade als Suliman die Metallgitter, die seine Reichtümer während der Nacht schützten, vor seiner Auslage anbrachte.

„Meister Suliman! Bin ich froh, Euch noch zu treffen." Hannes verbeugte sich. Nach dem Austausch der üblichen Höflichkeiten bat er um die Ornamente, erhielt sie und bezahlte. Er wünschte dem Goldschmied eine gute Nacht und eine sichere Reise und machte sich auf den Rückweg. Die Zierstücke waren in mehrere Schichten Tuch eingewickelt und sicher in einem Holzkoffer verstaut. Mit einem Blick auf den ständig dunkler werdenden Himmel beeilte sich Hannes. Wenn ihn ein Nachtwächter erwischte käme er vielleicht auf die Idee, er wäre einer dieser Mädchenhändler.

Als er um die letzte Kurve im Wohngebiet der Reichen bog, wo Laternen die Straßen die ganze Nacht erhellten, stand eine Droschke vor dem größten Haus des ganzen Bezirks. Ein schwarzes Pferd tänzelte im Geschirr und wurde von einem Diener in einer silbernen und schwarzen Livree gehalten, während ein grummeliger Mann auf dem Kutschbock saß, der den Kragen seines Mantels aufgestellt und sein Gesicht halb darin vergraben hatte.

Wo wollen die zu dieser nachtschlafenden Zeit noch hin, fragte sich Hannes. *Gilt die Ausgangssperre nicht für die Reichen?* Er trat in den Schatten eines Baumes auf der Straßenseite gegenüber dem Haus, stellte seinen Holzkoffer ab und sah genau hin. Von seinem Versteck aus hatte er eine gute Sicht auf den Diener, den Kutscher und die Haustür.

Ein Mann in Schwarz trat heraus und führte ein junges, vielleicht sechzehnjähriges Mädchen auf die wartende Droschke zu. Er wirkte wie einer jener Leibwächter, die man anheuern konnte. Er war von Kopf bis Fuß in schwarzes Leder gekleidet und trug einen breitkrempigen Hut, der sein Gesicht verbarg, und einen Degen an der Seite. Das rote Haar des Mädchens war in einer kunstvollen Frisur aufgesteckt, die zu schwer für ihren zarten Hals schien. Sie trug ein weites Ballkleid mit einem Kapuzenumhang und einer Halskette, die sehr teuer aussah. Hannes starrte. Selbst wenn sie sich nicht zurechtgemacht hätte, wäre das Mädchen sehr schön gewesen. Eine füllige Dame stand am oberen Ende der Treppe und redete mit dem Mann, während er davonging.

„Und vergewissere Er sich, dass Er unsere Grüße an die Gräfin sendet. Wir sind für diese Einladung sehr dankbar."

„Selbstverständlich, Madame. Ich kümmere mich um alles wie befohlen", sagte der Mann in dem höflichen, aber gelangweilten Ton eines Mannes, der dieselben Worte immer wieder gehört hatte. Hannes schmunzelte.

Bevor der Fremde und das Mädchen die Droschke erreichten, winkte die Hausherrin ein letztes Mal.

„Viel Spaß, Cisne, Liebling."

Das Mädchen winke ihr zu, ohne zu sprechen. Die Dame wandte sich ab und ging ins Haus zurück.

„Oh Mann. Ich dachte schon, die geht nie", sagte der Diener. Der Begleiter des Mädchens knurrte ihn an.

„Spiel deine Rolle. Dich könnte jemanden hören."

Da war bestimmt etwas faul. Hannes beugte sich vor, jederzeit bereit, dem Mädchen zu helfen, wenn es nötig werden sollte. Und es erwies sich als notwendig. Die Handkante des Leibwächters prallte gegen den Hals des Mädchens, und sie sank bewusstlos in seine Arme. Die Männer wollten sie offensichtlich entführen.

„Robert, hilf mir, sie in die Droschke zu setzen", sagte der Leibwächter. Als der Diener den Mund zu einer Antwort öffnete, sprintete Hannes los. Mit einem einzigen Schlag fällte er den Diener, der eben das Pferd losließ, um wie befohlen zu helfen. Hannes schoss um die Droschke herum und stürzte sich auf den in Leder gekleideten Mann. Das Mädchen flog ihm entgegen. Er fing sie instinktiv und musste zusehen, wie der Mann davonlief.

„Hüah!" Der Kutscher trieb das Pferd an, und die Droschke donnerte in die Nacht. Alles, was Hannes tun konnte, war, das Mädchen zu halten.

„Wer ist da? Stehen bleiben." Der Klang von schweren Stiefeln auf dem Kopfsteinpflaster ertönte aus derselben Richtung der stillen Straße, in die der Entführer geflüchtet war. Schnaufend kam ein Nachtwächter angerannt. Als er Hannes mit dem bewusstlosen Mädchen in seinen Armen sah, senkte er seine Hellebarde. Hannes erkannte das Design. Es war die Waffe, die er vor kurzem geschärft hatte. Der Wachmann schien Hannes auch zu erkennen.

„Du? Warum bist du nicht in deiner Schmiede?"

„Haben Sie einen Mann in Lederkleidung gesehen?" Er nahm das Mädchen ganz auf seinen Arm. „Das ist einer der Entführer, und er ist genau in Ihre Richtung gelaufen. Einer seiner Begleiter liegt dort drüben auf dem Boden. Ich bringe mal eben das Mädchen zu ihren Eltern zurück. Sie braucht Hilfe." Er nickte zu dem bewusstlosen Mann, der auf dem Bürgersteig lag und ging in Richtung des Hauses davon. Als er an der Haustür ankam, stieß er mit dem Fuß dagegen, da er den Klopfer mit dem Mädchen im Arm nicht erreichen konnte. Ihr unpraktisch breiter Reifrock machte es schwer genug, das Holz mit dem Fuß zu erreichen, ohne das Gleichgewicht zu verlieren. Er trat wieder gegen die Tür, drehte sich um und sah zu, wie der Nachtwächter den Entführer verschnürte. Die Dame von vorher öffnete die Tür. Als sie das leblose Mädchen in den Armen eines Fremden sah, begann sie zu zittern.

„Was ist passiert?", rief sie. „Cisne, Liebes, geht es dir gut?"

„Jemand hat versucht, sie zu entführen. Bitte, können Sie mir einen Platz zeigen, an dem ich sie ablegen kann. Es ist ziemlich ermüdend, sie die ganze Zeit zu tragen", sagte Hannes. „Außerdem muss ich mich wegen der Ausgangssperre beeilen."

Die Dame ließ ihn herein und führte ihn in einen kleinen Salon mit einem Sofa. Während er das Mädchen darauf legte, ging sie schnell weg, um den Vater des Mädchens zu holen. Als sich Hannes aufrichtete, stand der Nachtwächter im Eingang und redete mit einem Jungen, möglicherweise dem Laufburschen des Hauses.

„Und sag ihnen, sie sollen die Eisenfesseln mitbringen", sagte er. „Jetzt beeil dich!"

Der Junge rannte davon, und der Wachmann wandte sich Hannes zu. „Ich brauche deine Aussage. Du musst morgen früh zur Hauptwache kommen."

Hannes nickte, aber bevor er etwas sagen konnte, rührte sich das Mädchen auf dem Sofa und wachte auf. Ihr Blick fiel auf Hannes, und ihre Augen weiteten sich. In dem Moment kamen beide Eltern herbeigeeilt. Die Dame huschte an ihre Seite, fragte sie, wie sie sich fühle, und plapperte Sinnloses, während der Vater Hannes Hand nahm und sie schüttelte, als wolle er ihm den Arm abreißen und ihn behalten.

„Vielen, vielen Dank für die Rettung unserer Tochter", wiederholte er immer wieder. Als es Hannes endlich gelang, sich zu befreien, fügte er hinzu: „Ich möchte Sie für Ihre heldenhafte Tat belohnen. Geben Sie uns das Vergnügen …?"

Cisne unterbrach ihn. Sie war aufgestanden und zog am Ärmel ihres Vaters. Als er sie ansah, tanzten ihre Finger durch die Luft. Hannes fragte sich, warum ihr Vater sie wie verzaubert anstarrte, bevor er sich wieder zu ihm umdrehte.

„Ich bedauere die Unterbrechung, aber Cisne besteht darauf, dass wir Sie morgen zum Abendessen einladen." Er lächelte und legte einen Arm um das Mädchen. „Abgesehen von ihrer Unfähigkeit zu sprechen, ist sie völlig normal."

Hannes verbeugte sich, um sein Lächeln zu verstecken. Die Worte hatten sehr danach geklungen, als wolle man Cisne anpreisen. Er kämpfte ein Lachen nieder, als er bemerkte, wie das Mädchen ihren Ellenbogen in die Rippen ihres Vaters bohrte.

„Ich werde mein Bestes tun", sagte er. „Aber mein Meister und ich arbeiten gegenwärtig an unserer Steuererklärung, so dass es sein könnte, dass ich nicht kommen kann."

„In dem Fall lassen Sie uns bitte wissen, wann Sie verfügbar wären."

Er nickte, obwohl er nicht vorhatte, das zu tun. Nicht das ihm das Mädchen nicht gefiel. Sie war wunderschön, schien nett zu sein, und es wäre bestimmt nicht allzu schwer, diese Hände-wie-tanzende-Schmetterlinge Sprache zu lernen, die sie benutzte. Doch ihm war klar, das sein Herz bereits einem Mädel in Lumpen gehörte … Maggie. Was sie wohl jetzt machte? Ob sie einen warmen Platz zum Schlafen gefunden hatte? Oder folgte sie ihrem saufenden Vater durch die Nacht, immer in Gefahr, entführt zu werden?

„Ich muss jetzt los. Mein Meister wird ungehalten, wenn ich nicht bald zurückkehre." Er verbeugte sich wieder.

„Ich sollte dich besser begleiten, damit dich nicht einer der anderen Nachtwächter beschuldigt, die Ausgangssperre gebrochen zu haben", sagte der Nachtwächter.

Die Familie wollte ihren Helden nicht ziehen lassen. Sie fuhren fort, ihm immer wieder zu danken, bis er schließlich durch die Tür trat. Nach einigen weiteren gefühlvollen Abschieden war er endlich auf dem Weg zur Schmiede – mit dem Wachmann im Schlepp. Trotz der aufregenden Ereignisse der Nacht dachte Hannes daran, den Holzkoffer mit den goldenen Zierstücken mitzunehmen. Sein Meister wäre entsetzt, wenn er ohne sie zurückkommen würde. Auf dem Heimweg träumte er von Maggie.

Sally weckte Maggie, als es draußen noch dunkel war.

„Das Frühstück ist in zehn Minuten fertig", sagte sie und ging.

Schlaftrunken aber schnell schlüpfte Maggie in ihre neue Kleidung. Was war das für ein schönes Gefühl, das nahezu neue, hellbraune Kleid mit der passenden Bluse auf der Haut zu spüren. Ein wohliger Schauer rieselte ihr über den Rücken. Bevor sie ging glättete sie noch schnell die Bettwäsche. Nur zu gerne hätte sie dem alten Spruch geglaubt, dass der erste Traum in einem neuen Bett in Erfüllung gehen sollte. Sie konnte sich zwar nicht mehr genau an ihren Traum erinnern, aber es musste um den jungen Schmied gegangen sein, weil sein Lächeln immer noch in ihrem Herzen hing. Wenn sie an ihn dachte, flatterte etwas in ihrem Magen wie ein Nachtfalter im Kerzenlicht.

Maggie rief sich zur Ordnung und ging die Treppe hinunter. Köstliche Gerüche zogen sie zu einer Tür am Ende des Flurs gegenüber vom Durchgang zum Laden. Sie betrat eine kleine, aber gemütliche Küche, wo ein Tisch für Drei gedeckt war. Maggies Augen weiteten sich beim Anblick von Brötchen, Wurst, Käse und sogar Marmelade. Wie konnte man so früh am Morgen so viel essen wollen? Sally stand neben dem Herd und briet Eier mit Speck. Als sie Maggies Staunen bemerkte, lächelte sie.

„Wir arbeiten sehr hart. Also brauchen wir genug Energie, um das durchzuhalten. Mittagessen gibt es erst am frühen Nachmittag." Sie nickte zum Tisch. „Du sitzt an der Tür zum Flur."

Als Maggie auf ihren Platz glitt, öffnete sich die Hintertür und ein Mann und eine junge Frau traten ein. Die Frau gähnte und sagte: „Ich liebe die Arbeit ja, aber das frühe Aufstehen bringt mich nochmal um."

„Ich hab dir ja gesagt, du sollst dir ein paar Wochen frei nehmen", gab der Mann zurück und schnappte sich einen Becher mit Kaffee, der auf dem Herd auf ihn wartete. „So eine Geburt ist kein Zuckerschlecken, und das Baby braucht dich."

„Wo er recht hat, hat er recht", sagte Sally. Sie zeigte auf Maggie. „Und ich bin jetzt nicht mehr alleine. Ich habe einen neuen Lehrling."

„Ah, ein neuer Lehrling. Jetzt kann ich darüber nachdenken, Urlaub zu nehmen. Ich wollte dir nur nicht die ganze Arbeit allein überlassen, Sally." Die junge Frau lächelte, setzte sich an ihren Platz und reichte Maggie die Hand. „Willkommen bei den Sklaventreibern."

Der Mann lachte, aber Sally runzelte die Stirn.

„Sag das nicht. Wo überall in der Stadt Kinder verschwinden, macht man darüber keine Witze."

Der Mann wurde sofort ernst, und die junge Frau entschuldigte sich.

„Weißt du, dass sie einen der Entführer am frühen Abend gefangen haben?"

„Haben sie?" Sally befüllte die drei Teller großzügig mit Speck und Eiern und sah dann den Mann an. „Bist du sicher, dass du nichts willst?"

Der Mann ignorierte ihre zweite Frage. Während er ihnen von der versuchten Entführung der stummen Tochter des Friedensrichters Korber erzählte, stopfte sich Maggie voll. Sie aß soviel sie konnte, falls sie später nichts mehr bekommen würde. Das Essen war so gut, dass sie kaum zuhörte. Aromen explodierten auf ihrer Zunge: salzig, sauer, süß. Sie seufzte zufrieden und überlegte eben, ob sie noch ein Brötchen essen sollte, als sie ein Satz dazu brachte, besser zuzuhören.

„Der Mann, den sie festgenommen haben, scheint ein Fremder in der Stadt zu sein. Mein Freund von der Nachtwache sagte, es sei ein Bergarbeiter oder so was aus dem Hinterland."

Mit einem Schlag fühlte sich das Essen in Maggies Magen wie Blei an. Das Blut wich aus ihrem Gesicht. *Es ist nicht Vater,* versuchte sie, sich zu beruhigen. *Er ist kein Bergarbeiter.* Es gab einige Kohleminen tiefer in den Bergen. Vielleicht hatte einer der Arbeiter dieser Stadt auch Kohle geliefert. Aber der Knoten in ihrem Magen blieb. Also nahm sie allen Mut zusammen und fragte: „Aber ein Köhler ist er nicht, oder?"

„Ja! Genau das war er." Der Mann leerte seinen Becher und stellte ihn zur Seite. „Hört auf den Namen Robert Irgendwas."

Die Welt um Maggie herum wurde schwarz.

Als sie zu sich kam, lag sie auf dem Boden und drei besorgte Gesichter sahen auf sie hinab.

„Du hättest nicht so viel essen sollen", sagte der Mann.

„Ich denke, die Ohnmacht ist vielmehr der Tatsache geschuldet, dass der Name des Entführers zu ihrem Vater passt." Sally, die neben ihr kniete, schob zärtlich eine Haarsträhne aus Maggies Gesicht. „Denkst du, du kannst wieder aufstehen?"

Maggie setzte sich auf. Mit großen Augen starrte sie den Mann an und versuchte, sich Fragen auszudenken, die ihr helfen würden herauszufinden, ob der gefangen genommene Entführer wirklich ihr Vater war oder nicht. Doch ihr fiel nichts ein.

„Ich sag dir was." Sally half ihr auf die Füße. „Das Hauptquartier der Nachtwache ist um diese Zeit sowieso noch nicht geöffnet. Lass uns unsere Arbeit fertig machen, und dann bringe ich dich zum Hauptwachtmeister, um zu sehen, ob der Gefangene wirklich dein Vater ist."

„Was, wenn er ist?" Maggie hatte ihre Stimme wieder gefunden.

„Dann stelle ich den besten Rechtsanwalt der Stadt ein. Der findet schon einen Weg, zu beweisen, dass dein Vater unwissentlich da hineingezogen wurde." Sally lächelte. „Du kannst die Kosten dafür später abarbeiten. Wir finden da sicher eine faire Lösung."

Obwohl sie davon überzeugt war, dass es wirklich ihr Vater war, der von den Nachtwächtern eingesperrt wurde, hellte sich Maggies Stimmung auf.

„Ich kann sogar beweisen, dass er keiner der Entführer ist."

„Das ist gut." Sally schob sie sanft in Richtung Tür. „Was für ein Beweis ist das?"

„Der Mann, der Vater eingestellt hat, ließ mir seine Karte da." Der Mann lachte hart.

„Bist du wirklich so dumm zu glauben, dass sein echter Name draufsteht?"

„Lass das Mädchen in Ruhe", schimpfte Sally. Er zuckte mit den Schultern und ging an ihr und Maggie vorbei.

„Na, dann fange ich besser mit dem Brot an."

„Ich bereite den Laden vor." Die junge Frau eilte aus der Küche.

Maggie folgte ihnen in den Flur, und Sally blieb an ihrer Seite. Zusammen gingen sie durch die verbliebene Tür in ein großes, weiß gefliestes Zimmer, das von einem Ofen dominiert wurde, der groß genug war, um drei oder vier Menschen hineinzustecken. Mehrere lange Tische standen zu beiden Seiten davon. Neben den Tischen auf der rechten Seite standen mehrere mit weißen Leinentüchern abgedeckte Tröge. Neben den Tischen auf der linken Seite stand ein Korb mit weißen Tüchern. Sally zeigte darauf.

„Deine erste Aufgabe ist, das Brot abzudecken, sobald es aus dem Ofen kommt. Ich zeige dir, wie man es macht, wenn der erste Schub fertig wird. Bis dahin kannst du putzen, auch wenn alles sauber aussieht." Sie zog eine weiße Schürze an und gab Maggie auch eine. „Außerdem trägst du die fertigen Backwaren in den Laden, wo sie verkauft werden. Wenn du dann noch Zeit hast, kannst du im Laden helfen." Sie lächelte. „Glaubst du, dass du damit zurechtkommst?"

Maggie nickte. Diese Arbeit musste sie schaffen. Schließlich war es gut möglich, dass sie bald einen Rechtsanwalt bezahlen musste, und die waren bestimmt nicht billig.

Hannes erwachte von einem dumpfen Pochen. *Sturm*, sagte sein schläfriger Verstand, während er versuchte, Maggies Gesicht beiseite zu schieben. *Der Zweig des Apfelbaums schlägt mal wieder gegen mein Fenster.* Dann erinnerte er sich daran, dass er den Ast vor einigen Wochen abgesägt hatte. Das Poltern musste aus dem Erdgeschoss gekommen sein. Sein Verstand wurde klarer, und er zog den richtigen Schluss. *Jemand ist an der Tür.* Er schaute zum Fenster. Draußen hatte sich der Himmel kaum aufgehellt. Der Sonnenaufgang war immer noch weit weg. Wer auch immer an ihre Tür klopfte, hatte nichts von der Ausgangssperre gehört oder interessierte sich nicht dafür. Beides konnte der Schmiede Probleme bringen. Mit einem Seufzer stand Hannes auf, schlüpfte in seine Sachen und ging nach unten, um den Klopfer hereinzulassen.

Der Mann vor der Tür war größer, als die Tür hoch war, unglaublich dünn, und er trug einen Burnus. Die bodenlange, sandfarbene Robe und sein roter Turban ließen ihn noch länger und dünner auszusehen. Mit seinen vorstehenden Wangenknochen sah er aus wie ein lebendes Skelett. Hannes starrte den Fremden an, der ihn an einen Stock mit Turban erinnerte. Als er sich an seine Manieren erinnerte, komplimentierte er den Mann mit einer Verbeugung ins Büro der Schmiede und bot ihm den für Kunden reservierten Sessel an.

„Was können wir für euch tun, Herr?" Er setzte sich auf die andere Seite des Tisches und zog ein Bestellformular heraus. Er mochte die Bürokratie nicht besonders, die vor kurzem von der gegenwärtigen Stadtregierung eingeführt worden war, aber es war seine Aufgabe, sie auf dem Laufenden zu halten.

„Ich kommen meine Sonderauftrag wegnehmen", sagte der Mann. Seine Stimme war überraschend tief. Sie hallte durch das Zimmer wie die einer viel massigeren Person. „Ich denke das du nicht eine Hilfe wirst sein. Ich deinen Chef brauchen."

Hannes hatte wegen der ungewöhnlichen Art des Mannes, Sätze zu formulieren, Schwierigkeiten, ihn zu verstehen. Als er begriff, dass der Fremde nach dem Meister gefragt hatte, zuckte er mit den Schultern.

„Ich fürchte, ich kann meinen Meister nicht wecken. Er hatte einen anstrengenden Tag." Er lächelte so freundlich er konnte. „Wenn Ihr mir Euren Namen anvertraut, finde ich das Doppel Eurer Bestellung. Dann weiß ich, wo mein Meister das Werkstück nach Fertigstellung gelagert hat."

„Wenn dein Chef wacht nicht auf, wird er in Problemen viel sein." Ein eisiger Unterton lag in der Stimme des Mannes. „Ich bin warten nicht."

Bevor Hannes etwas erwidern konnte, erschien der Schmied. Er trug sein Nachthemd und rieb sich immer noch die Augen.

„Was ist das für'n Lä …" Das Wort erstarb auf seinen Lippen, als er den Fremden sah. Er verbeugte sich so tief, als begrüße er einen König. „Sidhi! Was für eine angenehme Überraschung so früh am Morgen. Ich hoffe sehr, dass mein Lehrling sich nicht zu sehr zum Narren gemacht hat." Er warf Hannes einen ärgerlichen Blick zu. „Hol uns Tee, Hannes. Dies ist ein wichtiges Geschäft."

Mit einem Achselzucken ging Hannes. Er wusste, wann er unerwünscht war. In der Küche schürte er den Herd und setzte den Kessel auf, als die Flammen wieder tanzten. Während er den Tee zubereitete, überlegte er, woher der Fremde wohl gekommen sein könnte. Der Burnus deutete auf einen Ort in einem der Südkönigreiche hin, und der Titel ‚Sidhi' implizierte, dass der Mann von Bedeutung war – normalerweise hieß das, dass die betreffende Person viel Geld und sehr gute Verbindungen zu seinem Sultan und/oder zu den größten Verbrechern seines Landes hatte. Der rote Turban hätte ein Anhaltspunkt sein können, wenn Hannes jemals zugehört hätte, als die Farbcodes der Nomaden in der Schule dran waren. Aber der Lehrer war so unglaublich langweilig gewesen …

Er brachte den Tee zum Meister und seinem Kunden, die sich in einer gutturalen Sprache unterhielten, die er zuvor noch nie gehört hatte. Also kam der Fremde vielleicht aus einem Land, das noch weiter südlich lag, als er gedacht hatte.

„Hannes, kannst du mal den Friedensstifter holen, bitte? Der Sidhi hätte daran Interesse." Der Meister lächelte ihn an, und Hannes entspannte sich. Wenigstens war der Meister nicht mehr ungehalten darüber, dass er versucht hatte dieses Geschäft abzuschließen. Er beeilte sich, das Gerät zu holen. Wenn der Fremde wirklich so reich war, wie Hannes vermutete, könnte es auf eine Bonuszahlung zum kommenden Jéolafest zu Mittwinter hinauslaufen. Vielleicht wäre er dann in der Lage, sich etwas Passendes für Maggie zu leisten, falls er herausfinden konnte, wo sie abgeblieben war, und falls sie ihn wiedersehen wollte.

„Danke dir, Hannes." Der Meister nahm den Friedensstifter lächelnd an. „Ich brauche dich jetzt nicht mehr. Übrigens kannst du heute Abend eine Stunde früher aufhören, um den verlorenen Schlaf wiedergutzumachen."

Hannes dankte seinem Meister und beeilte sich, seinen Mantel zu holen. Da die Ausgangssperre beinahe vorüber war, wollte er schnell seine übliche Aufgabe erledigen und dem Meister seinen Minikuchen holen. Danach würde er die Schmiede öffnen. Da er eine Stunde früher schließen durfte, sollte er genug Zeit haben, ein paar Stellen in der Stadt nach Maggie abzusuchen.

Er kuschelte sich in seinen Wintermantel und eilte durch die schwach beleuchteten Straßen der Stadt. Nur jede zweite Gaslampe war angezündet worden, noch so eine Idee der Stadtverwaltung, um Geld zu sparen. *Kein Wunder, dass Kinder verschwinden,* dachte er. *Es ist viel zu einfach, sie in eine dunkle Gasse zu ziehen.* Hannes eilte weiter, zuversichtlich dass es niemand wagen würde, ihn anzugreifen. Seine Muskeln waren von der schweren Arbeit seines Handwerks gestärkt, und er hatte bestimmt genug Kraft, um sich zu verteidigen. Erst als er den Marktplatz erreichte bemerkte er, dass bereits viel mehr Leute auf waren als sonst. Überall hörte er sie flüstern. Manchmal konnte er sogar Satzfetzen verstehen.

„... werden schon sehen!"

„... frag mich, wer ..."

„Weißt du schon ..."

„... ganz allein hat er gekämpft ..."

„... zwei Männer getötet ..."

„... Knast ..."

„... wird nie wieder rausgelassen ..."

„... Ein Held, sach ich dir. Die Stadt hat noch nie so een jehabt wie den." Die Stimme eines alten Mannes erhob sich über das Gemurmel. „Er wird die janzen Entführer überrumpeln und se einsperrn lassn."

Sie reden über mich. Hannes wurde rot, als ihm die Zahl der Menschen um ihn herum plötzlich schmerzlich bewusst wurde. Sein Herz hämmerte heftiger in seiner Brust als in der vorigen Nacht, als er den drei Entführern gegenüber gestanden hatte. Er senkte den Kopf und schob sich durch die wachsende Menge. Alle waren damit beschäftigt, den Klatsch weiter zu verbreiten und interessierten sich meistens nicht dafür, ob es die Wahrheit war oder nicht. Er hörte jedes denkbare Gerücht, von der Rettung einer ganzen Schiffsladung entführter Mädchen bis hin zu Theorien, in denen er mit den Entführern im Bunde sei. *Wenigstens erkennen sie mich nicht*, dachte er.

„Ich habe gehört, dass er morgen Abend im Haus von Friedensrichter Korber sein wird", sagte jemand. „Ich werde auf alle Fälle dort sein und ihm die Hand schütteln." Mehrere Menschen versicherten dem Sprecher sofort, dass sie sich ihm anschließen würden.

Hannes schauderte es. *Ich werde besser nicht hingehen*, dachte er. *Ich habe das Mädchen ja sowieso nicht gerettet, um eine Belohnung zu bekommen.* Er presste die Lippen zusammen und huschte an den

Menschengruppen vorbei so schnell er konnte, ohne jemanden anzustoßen, und wünschte sich, er sei woanders.

Als er die Bäckerei schließlich erreichte, seufzte er vor Erleichterung und schob sich durch die Tür. Das Klingeln der Glöckchen verkündete seine Ankunft, und die junge Frau hinter dem Tresen legte das Tuch beiseite, mit dem sie die Gläser der Auslage putzte.

„Guten Morgen, Hannes. Das Übliche?"

Er nickte wortlos.

„Määää-giiiie!" Die Verkäuferin brüllte in den Flur. „Du kannst jetzt die Minikuchen bringen."

Hannes spitzte die Ohren. Maggie? War das *seine* Maggie? Unmöglich. Wie wahrscheinlich war es, dass ein schmuddeliges Mädchen vom Lande Arbeit in der Bäckerei fand, in die er jeden Morgen gehen musste? Trotzdem hielt er den Atem an, während er darauf wartete, dass die neue Hilfskraft der Verkäuferin die Kuchen brachte.

Das Mädchen, das durch die Flurtür trat und sorgsam ein großes Tablett voll Süßigkeiten vor sich her trug, brachte sein Herz zum Rasen. Er konnte sein Glück kaum fassen. Da war sie. Maggie. Wie kam sie hierher? Sie trug ein neues Kleid in Erdfarben, das ihr gut stand. Wie sie konzentriert auf die Kuchen blickte, ließen sie wie eine zerbrechliche Porzellanpuppe mit zarten Gesichtszügen aussehen. Doch sie hatte eindeutig genug Kraft, um das schwere Tablett zu balancieren und mit Leichtigkeit auf den Tisch unter der Glasauslage zu stellen. Er räusperte sich und versuchte zu sprechen, aber es gelang ihm nicht.

„Hier ist der für deinen Meister. Die Chefin hat ihn selbst eingepackt. Ich glaube, sie mag den Schmied." Die Verkäuferin nahm einen verpackten Minikuchen vom Tablett und zwinkerte Hannes zu. Automatisch lächelte er, löste dabei aber nicht den Blick von Maggie, die die Süßigkeiten auf dem Tablett arrangierte.

„Hallo Maggie", krächzte er.

Der Kopf des Mädchens zuckte nach oben. Als sie ihn bemerkte, röteten sich ihre Wangen. Ein zaghaftes Lächeln zupfte an ihren Mundwinkeln, und sie murmelte etwas, das ein Gruß sein konnte.

„Hier. Ein Geschenk für dich." Instinktiv hielt er die Papiertüte mit dem Minikuchen über den gläsernen Ausstellkasten. „Ich hoffe, du magst Kuchen."

Ihre Augen weiteten sich, aber sie nahm die Tüte.

„Was ist mit deinem Meister?" fragte die Verkäuferin.

Widerwillig wandte sich Hannes ihr zu.

„Gib mir einen anderen für ihn. Er wird den Unterschied nicht merken." Er nahm den zweiten Minikuchen entgegen, bezahlte für beide und drehte sich wieder zu Maggie um. Sie stand immer noch bewegungslos da und studierte ihn mit ernsthaften Augen.

„Ich möchte dich gerne wiedersehen." Hannes musste die Worte aus seinem Mund zwingen. Sie fühlten sich an wie Bleiklumpen, und für einen Moment fürchtete er, dass er gar nicht mehr sprechen konnte. „Heute Abend höre ich früher auf. Darf ich dich abholen? Ich weiß, wann die Bäckerei nachmittags schließt."

„Ich … ich weiß nicht." Maggies Augen wurden groß und enthielten einen Anflug von Angst. „Bestimmt ist viel zu tun, wenn der Laden schließt. Dies ist erst mein erster Tag, und niemand hat mir gesagt, ob ich Freizeit haben werde."

Die Verkäuferin lachte.

„Natürlich triffst du dich heute Abend mit ihm", sagte sie. „Ich übernehme für heute deine Pflichten, wenn du morgen für mich das Putzen übernimmst."

Maggie wurde wieder rot, und Hannes fand sie noch bezaubernder.

„Also darf ich dich abholen?"

„Wenn es Sally nicht stört." Maggie senkte den Blick und starrte mit purpurrotem Gesicht auf den Boden.

Hannes dankte ihr und verließ die Bäckerei, da er nicht wusste, was er sonst tun konnte. Beschwingt ging er zur Schmiede zurück und ignorierte den Klatsch und Tratsch auf dem Markt. Er hatte eine Verabredung mit Maggie! Wenn er sie nicht mit seiner Ungeschicklichkeit verscheuchte, wäre sie vielleicht bald wirklich *seine* Maggie. Glücklich pfeifend schwang er die Papiertüte mit dem Minikuchen im Rhythmus seiner Schritte. Bald erreichte er die Schmiede. Der Fremde war schon gegangen, und sein Meister wartete auf ihn in der Küche, wo er an einem Becher Kaffee nippte. Hannes gab ihm die Tüte.

„Ah, mein Kuchen." Der Meister leerte die Tasche auf die Tischplatte vor sich. Als er die grüne Glasur mit dem Marzipanschmetterling sah, runzelte er die Stirn. „Das ist nicht der, den ich bestellt hatte."

Woher wusste er das? Hannes Gehirn beeilte sich eine glaubhafte Entschuldigung zu finden.

„Der Markt war heute Morgen äußerst belebt. Die Leute klatschten über jemanden, der ein Mädchen gerettet und einen der Entführer festgenommen hat." Hannes Herz schlug schneller. Er hatte schon sehr lange nicht mehr gelogen. Nicht seit er die Enttäuschung auf dem Gesicht seiner Mutter entdeckt hatte, als er ein Knabe gewesen war. „Jemand stieß mit mir zusammen, und ich ließ versehentlich die Tüte fallen. Der Kuchen war nicht mehr zu retten, so dass ich einen neuen kaufen musste. Ich dachte, Sie würden es nicht bemerken."

„Was hast du mit dem anderen gemacht?"

„Den habe ich in den Müll geworfen. Wieso?" Hannes zuckte mit den Schultern. „Ich kann nachsehen, ob er noch da ist, aber ich glaub nicht. Ich habe die hell-orangefarbenen Westen der Müllmänner auf dem Markt gesehen."

„Nicht nötig. Ich wollte nur sicher gehen, dass niemand hinein tritt." Der Schmied lächelte. „Willst du einen Kaffee, bevor wir mit der Arbeit beginnen? Wir müssen zwei Dampfwagen fertig machen, und der Sidhi, der uns so früh besucht hat, hat einen speziellen Dolch mit Gravierungen und goldenen Intarsien und eine kleinere Version unseres Friedensstifters bestellt. Bereite du die Klinge vor, aber schärfe sie noch nicht. Ich denke, dass es genügen sollte, das Metall siebenmal zu falten." Für den Rest des Frühstücks erklärte ihm der Meister die Details der Arbeit des Tages, während Hannes nur halb zuhörte und von Maggie träumte.

Maggie brachte das Küchlein in ihr Zimmer, um es dort für die Mittagspause aufzuheben. Sie wollte es essen, ohne dass ihr die Verkäuferin neugierige Blicke zuwarf und gut gemeinte Ratschläge gab. Sie würde sich darauf freuen können, während sie sich an die Arbeit gewöhnte, die von ihr erwartet wurde. Als sie in die Bäckerei zurückkehrte, forderte Sally sie auf, Rahm zu schlagen. Sobald das erledigt war, musste sie Geschirr spülen, Kuchen dekorieren, Brot drehen, damit es richtig abkühlen konnte, Brötchen von heißen Blechen nehmen und vieles mehr. Maggies Kopf drehte sich von den vielen neuen Eindrücken. Sie strengte sich sehr an, alles so gut zu machen, wie sie konnte. Mehrfach lobte Sally sie.

Als sie ein weiteres Tablett mit kleinen Kuchen in den Laden brachte, war es beinahe Mittag. Der Laden war brechend voll, hauptsächlich mit Dienern wohlhabender Bürger. Die junge Verkäuferin, deren Namen Maggie immer noch nicht kannte, eilte mit roten Wangen hin und her, um die Bestellungen zu erfüllen. Maggie versuchte, ihr nicht in die Quere zu kommen, während sie die Küchlein in die Auslage stellte. Trotz der vielen Menschen im Laden bemerkte sie, dass die Tür nicht nachgab, wenn jemand von außen versuchte hereinzukommen, aber ganz leicht aufschwang, wenn ein Kunde gehen wollte. *Seltsam,* dachte sie. *Ich frage mich, welcher Mechanismus so etwas kann. Das muss ein raffinierter Erfinder gewesen sein. Ich muss Sally danach fragen.* Doch als sie zu ihren Pflichten zurückkehrte, hatte sie es schon wieder vergessen, so beschäftigt war sie.

Eine halbe Stunde später schickte Sally sie in den Laden, um dabei zu helfen, alles zu putzen. Erst da erinnerte sie sich wieder. Sie fragte die Verkäuferin.

„Oh, Sally schließt die Tür immer eine halbe Stunde vor Mittag. Sie benutzt dafür Magie. Sie ist eine Hexe, weißt du?" Die junge Frau lächelte. „Ich bin ihr Lehrling, aber dieser Zauber ist noch zu schwer für mich."

Maggie war drauf und dran über diese Aussage zu lachen, als das Mädchen ihr die Hand mit der Handfläche nach oben entgegenstreckte und sagte: „Sieh her, was ich schon gelernt habe."

Eine winzige Kugel aus Licht rollte auf ihrer Handfläche herum. Maggies Mund klappte auf. Wie war das möglich? Sie hatte gedacht, Zauberei sei vor mindestens fünfzig Jahren ausgestorben – zumindest behauptete das der Lehrer in der Schule, als sie noch Zeit zum Lernen gehabt hatte.

„Natürlich ist unsere Magie wegen der ganzen Technik um uns herum schwach", sagte die junge Frau. „Aber es ist immer noch genug, um das Brot und die Kuchen so zu würzen, dass die Leute stets zurückkommen und mehr wollen. Oder dafür, eine Tür von nur einer Seite abzuschließen. Ich frage mich, wozu ich in einem Land fähig wäre, das nicht so fortschrittlich ist wie unseres. Eines Tages finde ich es heraus …" Ihr Blick wurde wehmütig. Schweigend wischte sie das Glas der Auslage sauber.

Maggie sagte nichts. Es war schwierig genug, das zu akzeptieren, was sie gesehen hatte. Stattdessen senkte sie den Kopf und wischte den Boden. Sie war beinahe fertig, als die Glocke klingelte und ankündigte, dass jemand die Tür geöffnet hatte. Sie sah auf. Ein beleibter Mann trat ein, der einen Strauß Blumen trug. Der Stoff seines Hemdes spannte über seinen Armmuskeln. Als er sich umdrehte, erkannte sie den Schmied, dem ihr Vater seine Kohlen verkauft hatte. Sie wischte die letzte Ecke des Ladens und folgte der Verkäuferin, die Sally holte. Maggie hatte keine Lust, ein älteres Paar beim Flirten zu beobachten. In ihrer – zugegebenermaßen begrenzten – Erfahrung, tendierten Liebende dazu, sich wie mondsüchtige Kinder zu benehmen. Sie leerte ihren Eimer im Hinterhof und stieg dann hastig die Treppen zu ihrem Zimmer hinauf. Es war Zeit, ihren Kuchen zu essen. Sie lächelte in freudiger Erwartung und betrachtete das Gebilde aus rotem Zuckerguss, gelben Blumen und Schokolade. Das Wasser lief ihr im Mund zusammen. *Wie schade, dass ich es nicht aufheben kann*, dachte sie. *Es ist so schön.* Ein köstlicher Geruch trieb ihr in die Nase, als sie den Kuchen aufhob. Das letzte Mal, als sie einen Minikuchen gegessen hatte, war er viel weniger dekoriert. Damals war ihre Mutter noch am Leben gewesen. *Danke, Hannes.* Sie öffnete den Mund und grub ihre Zähne in den Kuchen. Dabei dachte sie an das Lächeln auf seinem Gesicht, as er ihr sein Geschenk überreicht hatte.

Etwas kratzte an ihrem Gaumen.

Was war das? Maggie schob zwei Finger in den Mund und fischte ein Stück Papier heraus. Wie kam das in den Kuchen? Überraschenderweise war das Papier genauso sauber, wie es gewesen sein musste, bevor es in den Teig gefallen war. Maggie studierte es. Zahlreiche Nummern standen in langen Reihen auf einer Seite, aber sie ergaben keinen Sinn. Sie schienen keine Berechnungen zu sein, eher zufällige Zahlenketten. *Ich muss Hannes fragen. Er kann bestimmt etwas damit anfangen.* Sie steckte die Notiz in die Tasche ihrer Schürze, genoss den Rest ihres Kuchens und dachte an Hannes.

Am Ende seines Arbeitstages reinigte Hannes die Schmiede und pfiff dabei. Dann ging er ins Büro, um die Steuerunterlagen für seinen Meister zurechtzulegen, da der Steuerprüfer einige Stunden zuvor einen Boten geschickt hatte, dass er um fünf Uhr da wäre. Hannes legte die ausgefüllten Steuerformulare auf einen Stapel auf dem Schreibtisch, die Quittungen für Materialbestellungen des letzten Jahres auf einen zweiten und die Rechnungen, die sie für abgeschlossene Kundenbestellungen ausgestellt hatten auf einen dritten. Für einen vierten Stapel war kein Platz mehr, so dass er die Zigarrenkiste des Meisters aufhob und die Quittungen für Barzahlungen an ihre Stelle legte. Als er sich umdrehte, um das Kästchen auf ein Regalbrett zu legen, rutschte es ihm aus den Händen und fiel. Bevor es auf den Boden aufschlagen konnte, fing er es auf. Mit einem Seufzer der Erleichterung stellte er fest, dass Nichts kaputt gegangen war. Nur der Inhalt lag um ihn herum verstreut. Sorgfältig hob er die Zettel mit den langen Zahlenreihen auf und legte sie in den Kasten zurück. Die oberste Notiz lautete: L, I, E, B, E = 15, 3, 2, 5, 2. Sie entlockte ihm ein Lächeln. Er hätte nie gedacht, dass sein Meister jemand war, der einen Code benutzte, um seine Liebesbriefe zu verschlüsseln. Er musste die Bäckermeisterin wirklich sehr mögen.

Der Gedanke an die Bäckerei erinnerte ihn an Maggie, und er beeilte sich, um alles in Ordnung zu bringen. Gerade als er die Zigarrenkiste auf das Regalbrett stellte, wie er es vorgehabt hatte, kam sein Meister herein.

„Was machst du mit meinen Zigarren?" Sein Blick fixierte Hannes, und er runzelte die Stirn.

„Entschuldige, Meister. Ich brauchte mehr Platz auf dem Tisch für die Steuerunterlagen." Hannes zeigte auf die ordentlichen Stapel, als ihm klar wurde, dass sein Meister sich vielleicht wegen des Inhalts des Kastens schämen könnte. Also fügte er hinzu: „Ich schwöre, dass ich ihn nicht geöffnet habe. Ich habe ihn nur hochgehoben, um ihn auf das Brett zu stellen." Er lächelte. Das kleine Geheimnis seines Meisters war bei ihm sicher aufgehoben.

„Ach du meine Güte, die Steuern!" Der Gesichtsausdruck des Meisters schlug in Sorge um. Deshalb erkläre Hannes wie jedes Jahr, wo welches Formular und welche Quittung zu finden war. Dann ließ er den Meister alles noch einmal alleine durcharbeiten und ging in die Schmiede zurück, um das Tor abzuschließen.

Der Fremde mit dem Turban stand neben der Esse, die Hände in den breiten Ärmeln seines Burnusses versteckt. Als Hannes eintrat, verbeugte er sich.

„Dein Meister sandte Bemerkung, dass meine Friedensstifter fertig bereitet sind für mich. Dieses ich sammle kommen."

Hannes ging, um die Geräte und den Block mit den Formularen zu holen, die bestätigten, dass der Kunde sein Produkt erhalten hatte. Seit ein Kunde einmal behautet hatte, er hätte den bestellten Dampfwagen nicht erhalten, den er am Vortag abgeholt hatte, bestand der Meister darauf, dass sie korrekt ausgefüllt wurden. Es war ein schwerer Verlust gewesen. Der Fremde füllte das Formular ohne Zögern aus.

„Wofür braucht Ihr einen so kleinen Friedensstifter?" Hannes drehte das winzige Kästchen in seinen Händen hin und her. Es war klein genug, um ganz in seiner Hand zu verschwinden, wenn er sie schloss.

„Wo ich von kommen, ich bin Doktor", antwortete der Fremde in seiner gebrochenen Version von Hannes Sprache. „Wir schneiden offen Leute, um zu helfen mit Problemen innen. Es ist schwierig, betäuben sie."

„Ich hoffe, dass dies die Genesung ihrer Patienten verbessern wird." Hannes gab ihm den Kasten, und der Fremde steckte ihn mit einem Lächeln ein.

„Ich danke." Er verbeugte sich erneut und ging ohne weiteres Aufheben.

Endlich konnte Hannes die Schmiede abschließen. So schnell er konnte wusch er sich, zog frische Kleidung an und brachte seine sturen Haare in Ordnung. Er wollte nett aussehen, wenn er Maggie traf. *Ich sollte ihr Blumen kaufen,* dachte er, überlegte es sich dann aber anders. *Etwas Gutes zum Essen wäre besser.* Mit federnden Schritten machte er sich auf den Weg zu seiner Verabredung. Auf dem Markt entdeckte er mehrere Dinge, die er für sie kaufen konnte, aber keines schien ihm gut genug. Schließlich entschied er sich für eine mittelgroße Papiertüte mit weißen, sternförmigen Minzplättchen. Da er schon so viel Zeit verloren hatte, eilte er zügig durch die schmalen Gassen zur Bäckerei und überlegte, was sie den Rest des Tages tun könnten. *Wir könnten einen Spaziergang am Fluss machen und in einem der Restaurants am Hafen essen gehen. Ich wette, dass ihr das gefallen würde.* In seiner Fantasie malte er sich aus, wie sie ihn dankbar auf die Wange küsste. Er wurde rot.

„Hallo, mein Freund." Jemand stieß von hinten gegen ihn. Hannes drehte sich um und blickte in die Augen eines dürren, grauhaarigen Mannes, der ihm bekannt vorkam, obwohl er hätte schwören können, dass er ihn zuvor nie getroffen hatte.

„Ich schulde dir was", sagte der Mann und lächelte mit schiefen Zähnen. „Und ich zahle meine Schulden immer zurück."

Seine Hand schlug gegen Hannes Hals, und etwas durchstach seine Haut. Instinktiv wollte Hannes nach der Stelle greifen, aber seine Arme gehorchten ihm nicht mehr. Sein ganzer Körper verweigerte plötzlich den Dienst. Seine Knie gaben nach. Bevor er fallen konnte, fing ihn der Mann und schlüpfte unter einen von Hannes Armen.

Ein Passant fragte: „Geht es ihm nicht gut? Soll ich helfen?"

„Nein, nein. Er hat nur etwas zu viel getrunken. Ich bringe ihn nach Hause. Kein Problem."

Während ihn der dünne Mann durch die Straßen schleifte, wurde Hannes Welt stetig kleiner. Schwärze umfing ihn von allen Seiten und verschluckte sein Bewusstsein.

Zum ersten Mal in ihrem Leben fand es Maggie schwer, geduldig zu sein. Der Zeitpunkt, zu dem Hannes sie hatte abholen wollen, war gekommen und gegangen, und sie stand immer noch vor der geschlossenen Bäckerei und wartete auf ihn. Wo blieb er nur? Sie mussten doch ihrem Vater helfen. Sie befingerte die Karte in ihrer Tasche, die Charles ihrem Vater gegeben hatte, als er ihn eingestellt hatte. Mit Hannes an ihrer Seite würden die Nachtwächter ihre Aussage bestimmt ernst nehmen.

Vielleicht könnten sie herausfinden, wer der wahre Schuldige war, wenn sie Charles befragten. Warum kam Hannes nicht? Außerstande, länger still zu stehen, ging sie hin und her. Bald begann die Ausgangssperre. Was, wenn ihm etwas passiert war? Sie schüttelte den Kopf bei der törichten Vorstellung. Es gab nichts in dieser Stadt, mit dem ein Schmied seiner Größe und Kraft nicht zurechtkommen konnte. Es war wahrscheinlicher, dass er seine Meinung geändert oder sie ganz vergessen hatte. Ihr Schultern sanken herab, und sie fragte sich, warum der Gedanke so wehtat. Schließlich war er kaum mehr als ein Fremder. Sie überlegte, in ihr Zimmer zurückzugehen, doch allein und ohne Aufgaben herumzusitzen und über das verpasste Stelldichein zu jammern, würde das, was vom Tag übrig war, ganz ruinieren. Aber was konnte sie sonst tun?

Vater! Sie musste unbedingt zum Gefängnis gehen, und nachsehen, ob er dort war. Selbst wenn Hannes nicht an ihrer Seite war, musste sie es versuchen. So schnell sie konnte eilte sie zum Markt. Dort gab es bestimmt jemanden, der ihr sagen konnte, wo die Nachtwächter ihre Gefangenen hinbrachten. Sie hatte recht.

Bald stand sie vor einem abweisenden, dreistöckigen Steinhaus mit Gittern vor allen Fenstern. Sie wünschte sich etwas zu trinken, da ihr die Zunge am Gaumen klebte, betrat das Haus aber trotzdem. Sie trat an den Tresen. Ein Beamter in der kanarienvogelgelben Uniform der Nachtwächter sah von seinem Aktenstapel auf.

„Was kann ich für Sie tun?"

Maggie räusperte sich. Wie konnte sie die Sache mit ihrem Vater erklären? Sie würde den direkten Weg versuchen.

„Ahem, ich denke, Sie haben meinen Vater verhaftet, und ich möchte dazu eine Aussage machen. Er hat nämlich nichts Falsches getan." Sie schluckte, aber senkte nicht den Blick. „Falls möglich, würde ich ihn auch gerne sehen. Wenn es keine Umstände macht …"

„Wer ist dein Vater?" Der Mann nahm einen kleinen, schwarzen Notizblock zur Hand und klappte ihn auf. Maggie nannte ihm den Namen, und er durchsuchte die letzte Seite. „Ja, er ist hier. Einen Moment bitte."

Er verließ den Raum durch eine kleine Tür im Hintergrund und kehrte wenig später mit einem anderen Beamten zurück. Dieser hatte schwarze und goldene Ornamente am Kragen und einen hängenden, grauen Schnurrbart.

„Du willst eine Aussage machen?", fragte er. Als sie nickte, forderte er sie auf, ihm zu folgen. Sie gehorchte.

Die kleine Tür führte zu einem Flur mit mehreren Zimmertüren und mit einer Treppe, die nach oben führte. Die meisten Türen waren geschlossen, aber einige standen offen, und Maggie sah Nachtwächter an Tischen sitzen und auf Papier kritzeln. Der Beamte winkte einem der Schreibenden mitzukommen und führte sie beide in ein mit einem Tisch und drei Stühlen eingerichtetes kleines Zimmer. Der Schreiber setzte sich und öffnete seinen Notizblock auf einer leeren Seite. Der Beamte wartete, bis Maggie sich ebenfalls gesetzt hatte. Ihr Herz hämmerte so stark, dass es ihr schwerfiel, den Beamten zu verstehen. Glücklicherweise sprach er ziemlich laut.

„Name, Alter, Beruf", sagte er. Maggie antwortete der Wahrheit entsprechend, und der Schreiber zeichnete fremdartige Symbole auf sein Papier, die nicht wie die Buchstaben aussahen, die Maggie in der Schule gelernt hatte.

„Nun Maggie, was möchten Sie uns sagen?"

Der Schreiber malte noch mehr von seinen seltsamen Zeichen.

„Mein Vater ist unschuldig." Sie zog die Karte aus ihrer Tasche. „Der Freund dieses Mannes stellte ihn für einen Tag als Diener ein, weil er einen Ausflug mit seiner heimlichen Liebe machen wollte."

„Und das hielt er nicht für verdächtig?" Der Beamte sah die Karte kurz an.

„Gestern nicht", gab Maggie zu. „Wir waren gerade erst in der Stadt angekommen und brauchten Geld."

„Ihnen ist klar, dass das Ziel die Tochter von Friedensrichter Korber war, nicht wahr?" Seine Augen schienen komplett durch sie hindurchzusehen.

„Friedensrichter Korber?" Maggie versuchte, das Gefühl der Verwirrung zu unterdrücken. Bestimmt gab es einen Grund für die Frage.

„Auf der Karte steht sein Name." Der Beamte ließ sie mit einem dumpfen Klatschen auf den Tisch fallen. „Er verteilt jeden Tag ein Dutzend davon. Jeder kann eine davon bekommen. Ich glaube, du hast dir das ausgedacht, um deinen Vater zu befreien, kleine Dame." Er beugte sich vor und starrte sie an. „Also, warum dieser Kniff? Als seine Tochter kannst du jederzeit darum bitten, ihn zu sehen."

„Das ist kein Trick, mein Herr." Maggies Stimme sank zu einem Flüstern herab. „Mein Vater ist wirklich kein Entführer."

„Davon bin ich nicht überzeugt. Wie ist der Name vom Freund deines Vaters?"

„Charles."

„Nachname?"

„Weiß ich nicht." Maggie starrte die Tischplatte an und wünschte, Hannes wäre hier. Mit ihm an ihrer Seite hätte ihr der Beamte bestimmt geglaubt.

„Wie praktisch." Das Lächeln des Beamten war eindeutig höhnisch.

„Kann ich Vater wenigstens sehen, bitte?" Maggie blinzelte die Tränen weg, die ihr über die Wangen zu laufen drohten.

„Natürlich. *Falls* du wirklich seine Tochter bist." Er forderte den Schreiber auf, den Gefangenen zu holen und ging. Da er die Tür angelehnt ließ, konnte sie hören, wie er im Flur mit jemandem sprach. Die ersten Sätze trieben an ihr vorbei, aber bei der Erwähnung ihres Namens spitzte sie die Ohren.

„… Aussage entspricht der des Schuldigen. Und wenn man sich ihr Gesicht ansieht, könnte sie tatsächlich seine Tochter sein. Sie scheint ihn wirklich zu lieben."

„Ich verstehe nicht, wie jemand einen Alkoholiker lieben kann", sagte eine andere Stimme.

„Das ist nicht unsere Sache, aber wir müssen diesen Charles befragen. Vielleicht kann er uns mehr sagen."

Eine Tür knallte, und die Stimmen verstummten. Etwas später kehrte der Schreiber mit einem Gefangenen zurück. Es war Maggies Vater, und er sah schrecklich aus. Sein Gesicht war unrasiert. Er hatte dunkle Schatten unter den Augen und verstrubbelte Haare. So hatte ihn Maggie seit dem Tod ihrer Mutter nicht mehr gesehen. Seine neue Kleidung war zerknittert, und seine Hände zitterten. Als sie versuchte, ihn zu umarmen, hielt sie der Schreiber auf.

„Keinen Körperkontakt abgesehen von den Händen, bitte."

Maggie trat widerwillig zurück und sah zu, wie ihr Vater auf einem der Stühle zusammensackte. Wie konnte sie ihm zeigen, wie verwirrt und ängstlich sie war, wenn sie ihn nicht umarmen durfte? Sie setzte sich auf den Stuhl ihm gegenüber und nahm seine Hände. Er hörte nicht auf zu zittern, und das beunruhigte sie. Würde die Nachtwache einen Doktor holen, wenn sich die Gesundheit ihres Vaters noch mehr verschlechterte?

„Und, wie behandeln sie dich? Du siehst krank aus", sagte sie, weil sie nicht wusste, wo sie sonst anfangen sollte. Mit dem Schreiber, der neben der Tür stand, wollte sie den Vorfall nicht besprechen, der zur Verhaftung ihres Vaters geführt hatte.

„Sie tun was sie können." Er sah sie nicht an. „Ich war schon zweimal beim Doktor, aber er kann nicht viel tun."

Maggies Herz schlug schneller, und ein Klumpen verschloss ihre Kehle. Was wäre, wenn ihr Vater im Gefängnis starb? Es war alles ihre Schuld. Sie hätte ihn Charles Angebot nicht annehmen lassen sollen. Sie hatte doch geahnt, dass es Ärger bringen würde. Ihre Lippen zitterten, und sie kämpfte gegen die Tränen.

„Der Doktor meint, es sei meine eigene Schuld." Vater sah sie immer noch nicht an, aber seine zitternden Finger drückten ihre Hand fester. „Weil ich zu viel Alkohol trinke. Er erklärte mir, was der Alkohol mit meiner Leber gemacht hat und was noch kommen wird, wenn ich nicht aufhöre. Und er öffnete mir die Augen über das, was in meinem Leben schief gegangen ist. Nicht, dass ich viele Freunde hatte, die ich verlieren konnte, aber inzwischen bist du die einzige Person auf der Welt, die mir zur Seite steht." Er sah ihr in die Augen, und Maggie ertrank in einem Meer aus Trauer. Die Stimme ihres Vaters wusch über sie hinweg. „Der Doktor sagt, dass die Probleme bei der Entziehung, bis zu drei Wochen dauern können. Sie könnten auch noch schlimmer werden bevor es wieder besser wird. Es könnte sogar sein, dass ich dich nicht erkennen werde. Es wird wohl sehr schwer, aber er hilft mir mit Medizin so gut er kann, und wir müssen nicht einmal etwas bezahlen. Manchmal hasse ich ihn, weil er mir nichts zu trinken bringt außer Wasser, aber er ist ein wahrer Freund. Er wird mich hier behalten bis das Gift aus meinem Körper heraus ist. Wirst du mich ab und zu besuchen?"

In ihrem ganzen Leben hatte Maggie ihren Vater nicht so viel reden hören. Tränen liefen über ihre Wangen, und ein Kloß blockierte ihre Kehle, so dass sie einfach nickte.

Ein trauriges Lächeln huschte über sein Gesicht.

„Danke."

„Die Zeit ist um", sagte der Schreiber. „Wenn du jetzt nicht gehst, schaffst du es nicht, vor der Ausgangssperre nach Hause zu kommen."

Maggie nickte und stand auf, aber ihr Vater hielt ihre Hände fest.

„Du musst mir etwas versprechen, Maggie." Seine Stimme klang verzweifelt. „Lass mich in meinem Leben nie wieder auch

62

nur einen Tropfen Alkohol trinken. Der Doktor sagt, dass das äußerst wichtig ist, wenn ich gesund bleiben will. Wenn ich es nicht schaffe, mich vom Alkohol fern zu halten, wäre alles, was ich jetzt durchmache, vergeblich. Hilfst du mir?"

Maggie nickte, beugte sich vor, küsste ihn auf die Wange und eilte davon. Sie fühlte sich schwindelig. Einerseits war sie froh, dass ihr Vater begonnen hatte, sich mit seinem Problem auseinanderzusetzen, andererseits fürchtete sie um sein Leben. Was wäre, wenn ihn diese Schüttelanfälle umbrachten?

Blind vor Tränen verließ sie das Gebäude und wandte sich dem Marktplatz zu, als eine Hand auf ihrer Schulter landete und sie stoppte.

„Maggie. Was machst *du* denn hier?" Charles Stimme klang überrascht.

Maggie blinzelte die Tränen weg und drehte sich um, um ihn anzusehen.

„Ich muss zu Sally zurück."

„Du meine Güte. Du siehst ja schrecklich aus. Komm, ich kaufe dir etwas zu trinken."

„Keinen Alkohol." Maggie bestand darauf. „Und ich muss wirklich zur Bäckerei zurück."

„Es gibt einen Saftladen, der auf dem Weg liegt." Charles nahm ihren Arm und führte sie. Bald erreichten sie einen Marktstand, der frisch gepresste Säfte verkaufte, und an dem sogar zwei Bänke standen, auf denen man sitzen und sie genießen konnte. Er drückte Maggie auf eine Bank und holte schnell zwei Gläser Saft. Als er zurückkehrte, fragte er: „Was hattest du bei den Nachtwächtern verloren?"

„Ich habe Vater besucht." Maggie beschrieb ihm das Treffen. Seine Sorge beruhigte sie. Vielleicht hatte sie ihn falsch eingeschätzt, und er war doch kein böser Mann. Mehr und mehr Worte strömten aus ihr heraus. All das Reden trocknete ihre Kehle aus. Der Saft war trotz des leicht bittereren Nachgeschmacks köstlich. Maggie hatte noch nie so etwas getrunken und sagte es auch.

„Danke, dass du mir etwas davon gekauft hast."

Charles lächelte sie an. Der Blick in seinen Augen war immer noch stechend, und seine Worte standen im krassen Gegensatz zur Art, wie er sie ansah.

„Ich bin froh, dass es dir hilft." Er nahm ihr leeres Glas. „Weißt du, dass ich den Mann kontaktiert habe, der uns eingestellt hatte. Natürlich ist er besorgt, dass ihn die Leute für einen Entführer halten könnten, wo er doch nur Cisnes Liebster ist. Mit ihm können wir beweisen, dass dein Vater unschuldig ist. Was hast du denen sonst noch gesagt?"

Maggies Augenlider wurden schwer. Sicher war sie wegen ihrer überschwänglichen Gefühle und der harten Arbeit des Tages so erschöpft. Sie erzählte Charles von dem Doktor, und was der für ihren Vater tat. Sie sprach sogar über ihre Angst, dass ihr Vater sterben könnte.

„Wenn nicht, helfe ich gerne nach", sagte Charles und lachte. Sein Gesicht verschwamm. Wenige Sekunden später wurde Maggie schwarz vor Augen.

Als Hannes erwachte konnte er nichts sehen, aber er spürte Stroh unter sich. Wenigstens schien es keine Ratten in der Nähe zu geben, soweit er das beurteilen konnte. Ein eigenartig knirschendes Geräusch erfüllte die Luft. Es klang vertraut, aber ihm fiel nicht ein, was es war. Sein Körper flog in die Höhe und er stieß sich die Stirn an einer Holzwand über sich. Seine Glieder gehorchten ihm immer noch nicht. Nur ein paar Muskeln im Gesicht und Oberkörper schienen ihre Arbeit richtig zu machen, denn er konnte atmen und die Augen öffnen und schließen. Es war komplett dunkel um ihn herum, aber jetzt erkannte er das Geräusch als das Knirschen von Rädern. *Ich bin in einer Kiste auf einem Wagen*, dachte er. *Sie bringen mich wahrscheinlich irgendwo hin, und es muss beinahe Zeit für die Ausgangssperre sein, wenn*

man bedenkt, dass kein Licht zwischen den Holzbrettern hindurchfällt. Wenigstens arbeitete sein Verstand so wie er sollte, und seine Nerven meldeten, dass er nicht gefesselt war. Darüber war er froh. Vielleicht würde sich sein Körper schnell genug erholen, dass er aus dem Wagen ausbrechen konnte.

„Was wirst du mit ihm machen?" fragte eine unbekannte Stimme. Sie kam von dort, wo Hannes den Kutschbock vermutete.

„Er weiß zu viel." Die Stimme, die antwortete, war so leise, dass Hannes sie kaum hörte, aber es war eindeutig die Stimme des seltsamen Kunden aus der Schmiede. „Wenn wir seinen Geist brechen können, wird er einen großartigen Tempelsklaven abgeben. Wenn nicht, ist er tot. Ich habe ein zeremonielles Messer bestellt, das getestet werden muss."

Der erste Mann lachte.

„Ist es nicht unbezahlbar, dass er dir das Mittel selbst gegeben hat, mit dem wir ihn ausgeschaltet haben?"

„Die Situation entbehrt nicht der Ironie." Der Fremde gluckste. Erst jetzt bemerkte Hannes, dass er ihre Sprache richtig benutzte.

„Denkst du, dass ich die Blondine einreiten darf?" In der Stimme des ersten Mannes klang Gier mit. „Meine Lenden sehnen sich nach ihr, seit ich sie das erste Mal sah."

Hannes wurde blass. Wie verkommen musste jemand sein, den es danach gierte, sich einem ahnungslosen Mädchen aufzuzwingen? Er fragte sich, wer das unglückselige Mädchen wohl war, und wünschte, er wäre nicht so hilflos.

„Was ist mit ihrem Vater?", fragte der Fremde.

„Der ist kein Problem. Morgen besuche ich ihn im Gefängnis und bringe ihm etwas zum Saufen mit. Nach allem, was sie mir erzählt hat, ist er im Entzug. Er wird ohne zu zögern schlucken, was immer ich hinein schmuggle. Er wird vor dem Mittag tot sein."

Der Fremde lachte wieder.

„Alles geht nach Plan. Den Chef wird's freuen." Er hustete. „Mistkälte. Ich bin froh, wenn ich nach Hause zurückkehren kann."

„Du bekommst bestimmt einen guten Preis für all die Schönheiten und ein Opfer oder einen Tempelsklaven", sagte der erste Mann. Der Wagen hüpfte erneut durch ein Schlagloch, und wieder stieß Hannes mit dem Kopf gegen den Deckel der Kiste.

„Noch haben wir den Rotschopf nicht. Der neue Leibwächter wirkt ziemlich kompetent."

„Da liegst du falsch. Wir haben sie heute früh geholt. Der Chef hat das Gas verbessert. Als wir kamen, um sie zu holen, schlief das ganze Haus. Und ich bin auf Nummer Sicher gegangen, damit uns der Leibwächter nicht folgen kann. Ich habe auch ein neues Messer, weißt du." Der erste Mann lachte.

Das Knirschen der Räder stoppte, und Hannes hörte zwei Männer vom Wagen steigen. Als sie den Deckel seiner Kiste hochhoben, schloss er schnell die Augen. Einer der Männer nahm seine Füße, der andere seine Oberarme. Gemeinsam hoben sie ihn aus dem Wagen heraus und trugen ihn. Als er blinzelte, erkannte Hannes, dass es wirklich kurz vor der Ausgangssperre sein musste. Der Himmel über ihm war fast schwarz, und einige Sterne funkelten bereits. Die beiden Männer trugen ihn durch die Hintertür in einen Keller. Er fühlte seinen Hintern über den Boden schleifen. Jeder Schritt, den die Männer machten, schüttelte seinen Körper. Auf diese Art ging es eine Treppe hinunter. Da der Mann, der seine Arme hielt, vorne ging, kippte Hannes ganzer Körper. Er spürte, wie die Süßigkeiten, die er für Maggie gekauft hatte, aus ihrer Papiertüte rieselten. *Was für eine Verschwendung,* dachte er. Es war leichter, sich auf kleine Ärgernisse zu konzentrieren, als der Tatsache ins Auge zu sehen, dass er nicht wusste, wo er war, sich nicht bewegen konnte, und von zwei Männern getragen wurde, die Böses mit ihm vorhatten.

Maggie wachte mit einem Ruck auf, weil ihr Magen revoltierte. Sie sah sich um, bis sie einen Eimer neben der Matratze entdeckte, auf der sie lag. Sie erbrach sich hinein. Dann legte sie sich wieder hin und wartete, bis der Schwindel nachließ. Ihre Gefühle waren sonderbar taub und so ließ sie ihren Blick durch das Zimmer schweifen. Ein zweites Mädchen lag flach auf dem Rücken auf einer zweiten Matratze. Ihr rotes Haar war um ihren Kopf ausgebreitet. Sie atmete, wirkte aber nicht so, als würde sie etwas mitbekommen. Eine dritte Matratze lag auf Maggies anderer Seite in einer Zimmerecke. Der Raum selbst war ansonsten leer. Er hatte ein sehr kleines Fenster nahe der Decke, das etwas Licht und Luft hereinließ. Die Kammer schien trocken und frei von Ungeziefer, soweit sie das erkennen konnte. Sie hatte schon an schlimmeren Orten geschlafen.

Ich frage mich, warum mich Charles hierher gebracht hat und nicht zu Sally. Sie stand auf. Ihre Knie zitterten zwar, aber sie konnte stehen. Schwankend, ging sie zur massiven Eichentür. Es gab auf der Innenseite keinen Knopf oder Griff, also klopfte sie.

„Ruhe, oder ich muss dich wieder betäuben." Charles Stimme klang angestrengt, und er schnaufte, als ob er hart arbeitete. Ein Schlüssel rasselte.

Maggie trat zurück. *Ich bin entführt worden. Am helllichten Tag. Wie kann er es wagen ...* Sie trat einen weiteren Schritt zurück, bereit, sich auf Charles zu stürzen, wenn er hereinkam. Aber er kam nicht. Stattdessen wurde ein Körper zu ihr herein gestoßen, und die Tür wieder zugeknallt.

„Kümmere dich gut um die anderen, und wir lassen dich gehen", sagte Charles.

Maggie glaubte ihm nicht. Er hatte ,wir' gesagt, was ihr klar machte, dass er Teil der Gruppe der Entführer der jungen Mädchen war. Keine der Verschwundenen war je freigelassen worden. Sie würde nicht die Erste sein. Trotzdem ... sie konnte den Mann – denn offensichtlich war der dritte Gefangene kein Mädchen – nicht wie eine Stoffpuppe dort liegen lassen. Sie packte seine Schultern und zog. Als sie sein Gesicht sah, keuchte sie.

„Hannes! Was haben sie mit dir gemacht?" Sie drehte ihn um und legte seinen Kopf ganz in ihren Schoß. „Haben sie dich verletzt? Und ich dachte, du hättest mich vergessen."

Ein Klumpen saß in ihrer Kehle.

Er öffnete die Augen und zwinkerte ihr zu.

„Du lebst!"

Seine Augen rollten hoch und nach links, kehrten dann zu ihr zurück und wiederholten die Bewegung. Stirnrunzelnd versuchte Maggie zu verstehen, was er ihr sagen wollte. Sie schaute hinter sich, entdeckte aber nichts außer einem rostigen Waschbecken an der Wand.

„Brauchst du etwas zu trinken?"

Seine Augen schlossen sich. War das ein Ja oder ein Nein? Sie wusste es nicht, aber trotzdem stand sie auf, um Wasser zu holen. Der Hahn war gut gewartet, und es war leicht, Wasser zu zapfen, auch wenn sie es in ihren Händen tragen musste. Natürlich verschüttete sie das meiste auf Hannes Gesicht und Hals. Er blinzelte mehrmals.

„Ups, Entschuldigung." Maggie wischte seine Kehle mit dem Saum ihres Kleids ab. Als sie feststellte, dass das Wasser auch zur Rückseite seines Halses gelaufen war, wischte sie dort auch. Ihre Finger streiften etwas Hartes. Sanft untersuchte sie es. Es schien ein rechteckiger Kasten zu sein. „Du hast etwas hinten am Hals kleben. Soll ich es entfernen?"

Hannes Augen schlossen sich zweimal. Maggie hielt es für ein ‚Ja'. Vorsichtig drehte sie Hannes auf den Bauch und untersuchte den Kasten genauer. Er klebte am unteren Ende des Halses. Winzige Metallklemmen hatten sich in seine Haut gebohrt. Wie konnte sie das Ding abbekommen, ohne ihn zu verletzen? Dann entdeckte sie einen winzigen Hebel an der Seite und zog daran. Die Klemmen zogen sich zurück, und der Kasten fiel herab. Sie seufzte vor Erleichterung. Mit einem Stöhnen rollte Hannes auf seinen Rücken und rieb sich den Nacken.

Da er sich nicht vor Maggie erbrechen wollte, hielt Hannes die Augen so lange geschlossen, bis der von den Drogen verursachte Schwindel abklang. Als er die Augen öffnete beugte sich Maggie über ihn und lächelte wie ein Engel. Wäre ihre Umgebung nicht so trübsinnig grau-braun gewesen, hätte er geglaubt, im Himmel zu sein. Er setzte sich auf und lächelte.

„Danke." Seine Stimme klang heiser. „Ich hatte nicht erwartet, dass ich das Gerät loswerden würde, bevor die Entführer zurückkehren."

„Sie kommen zurück?" Maggies Augen öffneten sich weit und Angst huschte über ihr Gesicht. Er sehnte sich danach, sie zu beruhigen, dabei konnte er ihre Sicherheit nicht garantieren.

„Ich bringe uns hier raus." Er bemerkte ein rothaariges Mädchen, das auf einer Matratze lag. *Was macht Cisne hier*, fragte er sich. *Armes Mädchen.* Er zeigte auf sie. „Wir lassen sie am besten betäubt, bis wir fliehen können. Sie ist zu zart und wird wahrscheinlich schreien, wenn wir sie wecken."

Maggie schüttelte den Kopf.

„Das geht nicht. Sie ist zu schwer. Ich kann sie nicht tragen, und deine Arme müssen frei sein, falls wir auf die Entführer treffen."

Hannes gefiel es nicht, aber er musste zugeben, dass sie recht hatte.

„Ihr Name ist Cisne. Pass auf, dass sie sich nicht sofort hinsetzt", sagte er. Während sie ein zweites Gerät vom Nacken des Mädchens entfernte, prüfte er die Tür ihres Gefängnisses. Sie war aus massiver Eiche mit einer winzigen, vergitterten Öffnung auf Augenhöhe. Die Scharniere lagen außen und sie saß so passgenau in der Wand, dass nicht einmal ein Kind seine Finger in den Spalt hätte quetschen können. Hannes blickte durch die

Öffnung in den Flur dahinter. Im Licht der kleinen Öllampe, die an der Wand hing, gab es nicht viel zu sehen. Er schielte an der Tür hinab. Ein Schloss hielt einen massiven Eisenriegel an seinem Platz. Es war eines jener Vorhängeschlösser, die er vor einigen Jahren selbst hergestellt hatte. Er erkannte es an den Markierungen auf dem Bügel. Es sah so aus, als hätten die Entführer schon eine ganze Weile in der Schmiede seines Meisters eingekauft. Nicht, dass ihn das überraschte. Schließlich war ihre Schmiede eine der besten der Stadt. Aber es ärgerte ihn ohne Ende zu wissen, dass er die Schuldigen bereits so lange in Reichweite gehabt hatte, ohne es zu wissen.

Nun, das ließ sich nicht ändern. Er würde diese Tür auf die eine oder andere Weise öffnen müssen. Er drehte sich um und ging zur gegenüberliegenden Mauer. Dabei bemerkte er, dass sich Cisne offensichtlich gut erholte. Dann drehte er wieder um und rannte auf die Tür zu. Seine Schulter pralle kraftvoll gegen sie.

Schmerz schoss durch seine linke Seite, und er stöhnte. Die Tür hatte sich nicht einmal bewegt. Mit zusammengepressten Zähnen, wendete er erneut und ging zu seiner Ausgangsposition zurück. Ohne Waffen oder Werkzeuge hatte er keine andere Wahl, außer es wieder und wieder zu versuchen, bis entweder die Tür nachgab oder seine Schulter brach. Maggie hielt ihn auf halbem Weg an.

„Cisne versucht, uns etwas zu sagen. Hilf mir, sie zu verstehen." Sie zog an seinem Ärmel. Er folgte ihr und setzte sich neben den Rotschopf. Die Finger des Mädchens tanzten durch die Luft, als wolle sie etwas Wichtiges mitteilen.

„Es tut mir leid, Cisne. Wir verstehen deine Sprache nicht." Hannes redete so sanft er konnte.

Sie hörte mit ihren Bewegungen auf und überdachte seine Worte. Dann streckte sie die Hand aus, als erwarte sie etwas zu erhalten. Hannes sah Maggie an und zuckte mit den Schultern. Maggie runzelte die Stirn, dann durchsuchte sie die Taschen ihrer Schürze. Sie zog ein Stück Papier heraus, das Hannes als eine der Notizen aus der Zigarrenkiste seines Meisters erkannte. Maggie gab es Cisne. Das Mädchen hielt es auf der flachen Hand und runzelte die Stirn als sei sie hoch konzentriert. Das Papier raschelte, zitterte und schwebte dann. Cisne ließ es zurück zu Maggie fliegen, die ihr mit offenem Mund zusah. Hannes fiel es schwer, ernst zu bleiben. Maggie sah zu lustig aus, wenn sie so starrte.

„Du bist ja eine Hexe … eine echte Hexe!" Maggie zeigte auf die Tür. „Kannst du sie aus dem Weg sprengen?"

Cisne schüttelte den Kopf. Sie sah sich um, zuckte mit den Schultern und malte eine Tür mit einem Riegel in den Staub neben ihrer Matratze. Dann zappelte sie über ihrer Zeichnung mit den Fingern und zeichnete einen Pfeil, der auf den Riegel zeigte. Sie sah zu Hannes.

„Du kannst den Riegel bewegen."

Sie nickte.

„Sehr gut. Aber zuerst müssen wir das Vorhängeschloss loswerden. Es ist nicht schwierig. Ich sage dir genau, was du bewegen musst." Hannes zeichnete das Innere seines Vorhängeschlosses in den Schmutz. Inzwischen studierte Maggie die Notiz.

„Ich wünsche, ich könnte Sally eine Notiz wie diese schicken. Ich meine, verschlüsselt und so."

„Sie würde einen Gegencode brauchen", sagte Hannes. „So einen wie den, den ich vor Kurzem für ihre Liebesbriefe gefunden habe. L ist fünfzehn, I ist drei, B ist fünf, und E ist zwei."

Er wandte sich wider an Cisne und erklärte ihr detailliert, wie sie das Schloss öffnen konnte.

Als er fertig war, sagte Maggie: „Ich denke, ich habe es raus. Es scheint sie haben für die Konsonanten die Zahl ihrer Stelle im Alphabet plus drei genommen und für Vokale die Zahl aus der Reihe a, e, i, o, u. Wenn ich die Nachricht mit Hilfe dieses

Codes entschlüssele, lautet sie: ‚Loverboys Zeit ist um.' Nicht sehr romantisch." Ihre Stimme klang enttäuscht.

Hannes legte seine Hand auf ihre, um ihren Blick auf sich zu lenken. Er lächelte.

„Nicht alle finden die gleichen Dinge romantisch wie du. Aber ich verspreche dir eins. Wenn wir hier raus sind, finde ich heraus, was du für romantisch hältst. Dann lade ich dich zum romantischsten Abendessen ein, das du in deinem ganzen Leben gehabt hast."

Maggie wurde rot.

Cisne zerrte stirnrunzelnd an seinem Ärmel und zeigte zur Tür.

„Du hast recht. Wir sollten sie so schnell wie möglich öffnen." Hannes folgte ihr. Als sie ihm bedeutete, dass sie durch die kleine, vergitterte Öffnung gucken musste, hob er sie hoch. Offensichtlich musste sie das Vorhängeschloss sehen können, damit ihr Zauber funktionierte. Maggie steckte den Notizzettel ein und stellte sich erwartungsvoll hinter die beiden. So standen sie schweigend, die Stille nur durch ihre Atmung unterbrochen, bis ein klirrendes Geräusch Hannes sagte, dass das Vorhängeschloss zu Boden gefallen war. Eine Sekunde später hörte er, wie der Bolzen zurückgezogen wurde. Er setzte Cisne ab, griff nach einem der Gitterstäbe an der Öffnung und schob. Die Tür schwang auf.

„Folgt mir leise." Er nahm die Laterne von dem Haken an der Mauer und ging vor Maggie und Cisne. Kurz bevor sie den nächsten Flur erreichten, kam der weißbärtige Fremde um die Ecke, der geholfen hatte, Hannes zu tragen. Sein erstauntes Schnaufen und Maggies unterdrückter Schrei mischten sich, und Hannes schlug instinktiv mit der Faust gegen die Schläfe des Mannes. Der Weißbärtige sank zu Boden.

Hannes hob ihn auf und trug ihn in die Zelle, wo er ihn auf eine der Matratzen legte. Er bemerkte, dass Maggie die beiden Friedensstifter aufhob.

„Was willst du damit? Wir sollten froh sein, das wir davon befreit sind", sagte er.

„Es wäre dumm, sie bei Charles zu lassen." Sie zeigte auf den bewusstlosen Mann. „Außerdem sind sie Beweisstücke. Die Nachtwache wird sie brauchen."

„Stimmt." Er lächelte sie an. „Lass uns jetzt gehen, bevor der andere Mann auch noch kommt."

Wie zuvor eilten sie den Flur entlang; Hannes voran. Nach ein paar Kreuzungen wurde ihm klar, dass sie sich in einem Irrgarten aus Fluren und Tunneln befanden. Jeder Korridor enthielt ein schmales, stinkendes Rinnsal oder ein Rohr, das durch die Mitte lief.

„Wir sind in den Abwasserkanälen." Hannes blieb stehen. „Hier unten können wir uns leicht verlaufen."

„Glaubst du, dass noch mehr Mädchen hier unten sind?" Maggies Stimme war kaum mehr als ein Hauch an Hannes Ohr. Er nickte.

„Dann müssen wir mit der Nachwache zurückkommen und sie suchen."

Er staunte über die Selbstverständlichkeit mit der sie dies verkündete. So als würden ihr die Ratten und der Dreck in den Tunneln nichts ausmachen.

„Sieh mal." Maggie zeigte auf den Boden, wo weiße, sternförmige Punkte glitzerten. „Da hat jemand Süßigkeiten verloren."

Hannes wurde rot.

„Die hatte ich für dich gekauft, aber sie sind mir aus der Tasche gerieselt, als ich verschleppt wurde."

Eine Ratte rannte an ihnen vorbei und schnappte sich eine der weißen Delikatessen. Die drei eilten weiter. Ein weiterer Korridor schnitt den ihren, aber Hannes folgte der Spur der weißen Sterne. Viele waren nicht mehr übrig, aber es reichte, um den Weg zu finden. Sie endeten schließlich in der Mitte einer Kreuzung. Er wollte eben die anderen fragen, was sie davon hielten, als der Klang von Stimmen zu ihnen hinunter trieb. Er folgte dem Geräusch zu einer engen Treppe. Auch hier lagen ein paar weiße Sterne.

„Du solltest Charles helfen gehen", sagte eine weibliche Stimme. „Der Junge ist ziemlich schwer."

Ein Mann lachte.

„Ich zweifle daran, dass Charley sich mit ihm aufhält. Immerhin hast du ihm erlaubt, die Blondine einzureiten."

Die Frau lachte auch.

So leise wie möglich ging Hannes die Stufen hinauf und signalisierte den Mädchen, zurückzubleiben. Verärgert merkte er, dass sie ihm nicht gehorchten. Wie sollte er sie beschützen, wenn sie seinen Rat ignorierten? Er warf ihnen einen ärgerlichen Blick zu, ging aber weiter.

Die Tür am oberen Ende der Treppe war nur angelehnt. Hannes sah durch den Spalt in einen gefliesten Raum. Der Fremde im Burnus stand hinter einer großen Holzkiste. Auf der anderen Seite der Kiste, mit dem Rücken zur Tür, stand eine kurvenreiche Frau. Hannes erkannte sie sofort. Es war die Bäckermeisterin.

Als Hannes zurückzuckte, drängelte sich Maggie neben ihn und sah in den Raum. Die Bäckerei! Sie schnappte nach Luft. Zum Glück war das Geräusch so leise, dass es weder Sally noch der Fremde hörten. Nur langsam beruhigte sich ihr rasender Puls. Hannes nahm ihren Arm und führte beide Mädchen die Stufen wieder hinunter.

„Wir müssen einen anderen Ausgang finden", sagte er.

„Und die zwei weitere Mädchen entführen lassen?" Maggie kreuzte die Arme vor der Brust.

„Du kannst nicht gegen sie kämpfen. Du bist ein Mädchen."

Die Sorge auf seinem Gesicht brachte ihren Körper zum Kribbeln, so dass sie sich ihm am liebsten in die Arme geworfen hätte. Aber sie musste tun, was nötig war. Es war das, was sie ihr

Leben gelehrt hatte. Sie würde nicht zulassen, dass die Entführer woanders Mädchen stehlen konnten, weil sie entkommen waren. Außerdem konnte ihre Verhaftung ihren Vater entlasten. Aber Hannes hatte in Einem recht. Er konnte nicht alleine mit zweien kämpfen. Zumal Sally eine Hexe war. Sie würde ihm helfen müssen. Maggie wandte sich an Cisne.

„Du musst dich verstecken. Hannes und ich kümmern uns um die zwei."

Das Mädchen nickte, aber Hannes gefiel die Idee nicht. Er versuchte zu diskutieren, aber Maggie änderte ihre Meinung nicht, nachdem sie sich für den Kampf entschieden hatte. Schließlich gab er nach.

„Aber mach mich nicht dafür verantwortlich, wenn du aufwachst und merkst, dass du tot bist", sagte er. „In dem Fall behalte ich die ganze Belohnung für mich."

Trotz des Ernstes ihrer Lage musste Maggie ein Kichern unterdrücken.

„Welche Belohnung?" fragte sie.

„Die, die der Stadtrat für die Verhaftung der Entführer ausgelobt hat. Es ist genug, dass ich eine eigene Schmiede kaufen könnte."

Maggie stellte sich ein Häuschen mit einer daran angebauten, offenen Schmiede vor. Es war ein Ort, an dem sie jetzt lieber wäre, als in den stinkenden Abwasserkanälen.

„Lass uns gehen", sagte Hannes. Auf Zehenspitzen stiegen sie die Treppe hinauf. Cisne folgte ihnen bis zur Tür am oberen Ende.

„… verstehe nicht, warum du so einen guten Ort aufgibst. Es ist ja nicht so, als ob die Nachtwache auch nur die geringste Ahnung von uns hätte", sagte der Fremde.

„Ich finde eben, dass es an der Zeit ist, den Laden woanders zu öffnen. Wir hatten ein paar großartige Jahre hier." Sally streckte sich. „Ich frage mich, was bei Charly so lange dauert."

Bevor der Fremde antworten konnte, schoss Hannes explosionsartig durch die Tür und sprang ihn über den Rand der Holzkiste an. Sie krachten gegen einige der Maschinen im Zimmer, und der Fremde stöhnte.

Sally drehte sich so schnell um, dass Maggie kaum genug Zeit hatte, dem flackernden Ball auszuweichen, den sie in ihre Richtung abfeuerte. Sie schnappte sich einen Brotschieber und griff an. Sally schnipste mit den Fingern, und der Brotschieber sprang in ihre Hände. *Ich muss etwas tun.* Maggie überlegte mit sich überschlagenden Gedanken, was sie wohl als Waffe verwenden konnte. Sie erstarrte, als sie den Blick ihrer ehemaligen Arbeitgeberin auffing. Das Gesicht der Hexe war vor Wut verzerrt.

„Ich bring dich um. Ganz langsam. Und dann koche ich einen guten Eintopf aus deinen Knochen." Sally hob den Schieber hoch.

Glücklicherweise war es Hannes gelungen, den Fremden bewusstlos zu schlagen. Jetzt griff er die Bäckerin von hinten an. Sie drehte sich im letzten Moment um und zerbrach den Griff des Schiebers auf seinem Kopf. In dem Moment schoss eine Idee durch Maggies Kopf. Sie sprintete auf die Hexe zu, die damit beschäftigt war, den schwankenden, aber immer noch angriffslustigen Mann abzuwehren. Maggie nutzte ihre Chance und schlug einen der Friedensstifter gegen Sallys Hals. Gleichzeitig legte sie den Schalter um. Sally gelang es kaum noch, sich umzudrehen. Der Feuerball, den sie hatte werfen wollen, rutschte ihr aus der Hand und verlöschte. Sie stolperte und fiel mit einem dumpfen Geräusch zu Boden, weil Maggie sich weigerte, sie aufzufangen. Die Hexe hatte kein Anrecht auf ihre Hilfe, wenn Hannes sie brauchte. Sie holte ein nasses Tuch und gab es ihm. Hannes wischte sich das Blut von der Augenbraue. Ein Splitter des Griffs des Brotschiebers steckte in der Haut über seiner Augenbraue. Maggie zog ihn heraus. Froh darüber, dass es keine schwereren Verletzungen gab, küsste sie die Augenbraue. Hannes zog sie an sich und drückte sie. Als er sprach, klang seine Stimme gedämpft.

„Wir müssen zur Nachtwache."

„Aber lass uns die beiden zuerst an einen sicheren Ort bringen, damit sie niemand zufällig befreit." Maggie sah sich um und fand das perfekte Versteck. „Der Ofen sollte groß genug sein."

Hannes ließ sie los und sah zur Kellertür.

„Oh nein", sagte er. „Cisne!"

Maggie drehte sich um. Das Mädchen lag bewusstlos neben der Tür. Das Oberteil ihres Kleides war völlig verbrannt. Wenigstens lag sie auf dem Bauch.

„Hör auf zu starren." Maggie knuffte Hannes Schulter. „Ich kümmere mich um sie, und du packst die Entführer in den Ofen."

„Wie Sie wünschen, Prinzessin." Hannes verbeugte sich übertrieben tief bevor er ein Seil aufhob, das die Entführer für eine der Kisten beiseite gelegt hatten.

Maggie kicherte und holte einen Kittel aus einem Schrank. Dann ging sie zu Cisne und untersuchte sie. Die Haut des Mädchens war heil, aber sie war bewusstlos. Maggie wischte ihr das Gesicht mit einem feuchten Tuch ab. Als Cisne endlich wieder zu sich kam, half sie ihr in den Kittel.

„Alles wieder in Ordnung?"

Cisne zuckte mit den Schultern. Ihr Mund öffnete sich. Unter Krämpfen beugte sie sich vor und erbrach sich. Etwas Schwarzes, Verbranntes landete auf dem Boden vor ihr. Ein Frosch? Maggie starrte auf die verkohlten Überreste. Wie kam ein Frosch in die Kehle eines Mädchens? Sie sah sich Cisne an, die ihre weit geöffneten Augen vom Frosch hob und sie ansah.

„Argh", sagte sie. „Bablagark?" Ihre Hand flog zu ihrem Mund.

„Hey, du kannst ja sprechen." Maggie spürte, wie auf ihrem Gesicht ein Lächeln wuchs. „Die Hexe muss dich schon früh verflucht haben, und jetzt hat sie ihren eigenen Zauber vernichtet.

Ich wette, dass du in null Komma nichts richtig sprechen lernen wirst."

„Gurck." Cisne schien ihr zuzustimmen. Ihre Hände wedelten, aber Maggie verstand sie nicht. Sie sah sich nach Hannes um, der eben die Tür zum Ofen schloss.

„Cisne lernt reden", sagte sie. Hannes lächelte. In dem Moment ging die Tür zur Bäckerei auf und ein riesiger Blumenstrauß marschierte herein.

„Oh, mein Herr, es tut mir so leid." Maggie eilte zum Schmied und legte beide Hände auf seinen Arm. „Eure Angebetete ist der Kopf der Entführerbande."

„Nein, meine Liebe, das ist sie nicht." Er ließ die Blumen fallen, packte ihre linke Hand, drehte die Hand nach innen, riss ihren Körper herum und zog sie mit hinter dem Rücken verdrehtem Arm an sich. Ein Messer biss in die Haut an ihrer Kehle. „Das bin ich. Und jetzt, Hannes, wirst du bitte den Ofen öffnen und meine Partner befreien."

Hannes erstarrte, doch dann gehorchte er und öffnete den Ofen. Er konnte nicht riskieren, dass der Schmied Maggie verletzte. Als er sich vorbeugte, um den gefesselten Fremden herauszuziehen, hielt ihn der Schmied auf.

„Das ist genug." Er winkte Cisne. „Fessle ihn, aber fest."

Als sich das Mädchen nicht sofort bewegte, knurrte er: „Ich töte deine Eltern, wenn du dich nicht beeilst."

Eilig holte Cisne ein zweites Seil von der Transportkiste und verschnürte Hannes wie ein Paket.

Maggie verfluchte sich dafür, dass sie das nicht hatte kommen sehen. *Hätte ich nur die Notiz nicht falsch gedeutet,* dachte sie. *Ich hätte es wissen können, und Hannes wäre darauf vorbereitet gewesen.* Auch wenn sie nicht sicher war, ob er den Schmied hätte besiegen können. Sie spürte, wie sich der eiserne Griff in ihren Arm grub. *Wenn ich doch nur etwas tun könnte.*

Cisne wurde fertig, und der Schmied schubste Maggie vorwärts. Dabei zog er ihren linken Arm noch höher. Sie schrie vor Schmerz – nur ein Mal. Der entsetzte Blick in Hannes Augen ließ sie den Schmerz ertragen. Sie musste für ihn stark sein.

„Charles wird viel Spaß mit dir haben", knurrte der Schmiedemeister.

„Nein!" Hannes kämpfte gegen seine Fesseln.

„Brgl", sagte Cisne und spuckte nach dem Schmied, verfehlte ihn aber.

„Aha, Sally muss anscheinend den Schweigefluch erneuern, bevor wir dich dem Sultan überreichen können." Er bewegte die Hand mit dem Messer von Maggies Kehle weg, trat schnell vor und stieß den Knauf sanft gegen Cisnes Schläfe. Das Mädchen brach neben Hannes zusammen.

Maggie nutzte die Chance, die sich ihr bot. Sie drehte sich nach rechts, zog den zweiten Friedensstifter aus ihrem Rock, warf ihren rechten Arm um den breiten Hals des Schmiedes und aktivierte das Gerät dem Moment, in dem es die Haut berührte.

„Biest!" Der Schmied riss ihren Arm in die Höhe und griff nach dem kleinen Kasten.

Maggie fühlte wie sich ihre Schulter unnatürlich stark verdrehte, als sie die Balance verlor. Glühender Schmerz schoss durch ihren Körper, und sie kreischte. Instinktiv ließ sie der Schmied los und hielt sich die Ohren zu. Es kostete ihn genau die wertvollen Sekunden, die er gehabt hätte, bevor die Drogen seinen massigen Körper überwältigten. Maggies Schrei endete, als sie auf Hannes landete. Sofort griff der Schmied nach dem Schalter des Friedensstifters, aber zu spät. Während er schwankend darum kämpfte, stehen zu bleiben, warf er Maggie einen wütenden Blick zu. Dann fiel er wie ein gefällter Baum. Eine Welle der Erleichterung überrollte Maggie, und Tränen liefen ihr übers Gesicht.

„Es ist vorbei", murmelte Hannes in ihr Haar. „Ich bin mir sicher, dass das alle waren."

Maggie weinte immer weiter. Sie konnte einfach nicht aufhören. Eine Lawine aus Erleichterung und Glück betäubte den Schmerz in ihrer Schulter, ließ sie aber immer weiter schluchzen.

„Ich befreie dich gleich. Dann holen wir die Nachtwache und Cisnes Eltern." Sie hatte vom Weinen einen Schluckauf. „Versprich mir, dass du mich dann an einen Ort bringst, wo uns niemand je wieder wehtun wird."

Hannes Augen leuchteten auf.

„Willst du mich heiraten, Maggie?"

„Natürlich, du Idiot. Das wollte ich von Anfang an." Sie blinzelte ohne großen Erfolg die Tränen weg. Ihre Brust fühlte sich an, als würde sie vor lauter Glück gleich platzen. „Aber du musst mit Vater klarkommen und mir helfen, dass er in seinem ganzen Leben keinen einzigen Tropfen Alkohol mehr bekommt."

„Das wird schwer." Hannes strahlte sie an. „Aber für dich würde ich die Welt auf den Kopf stellen."

Jacqueline und die Bohnenranke

angelehnt an „Hans und die Bohnenranke"

„Und sie lebten glücklich und zufrieden bis an ihr Lebensende", beendete Großmutter die Geschichte. Jacqueline gähnte und versuchte ihren knurrenden Magen zu ignorieren. Sie hatte schon so oft von der Flucht ihres Ur-Ur-Ur-Ur-Großonkels vor dem bösen Riesen gehört. Das war ja sooooooo langweilig. Schließlich war sie kein kleines kleines Kind mehr wie ihre Schwestern.

„Kennst du keine andere Geschichte?", fragte sie, aber Großmutter schüttelte den Kopf und kuschelte Jacqueline und ihre kleinen Schwestern ein.

„Wir haben nur diese eine Geschichte", sagte sie.

„Aber wenn er so viel Gold und anderes Zeug mitgebracht hat, warum sind wir dann so arm?" Jacqueline war sich sicher, dass man mit genügend Geld Essen kaufen konnte. Vielleicht könnten sie sogar jemanden bezahlen, der eine neue Geschichte für sie hatte.

„Es ist sehr, sehr lange her, dass Hans gestorben ist. Sein Reichtum half mehreren Generationen seiner Erben durch schlimme Jahre, aber er ging in Zeiten meiner Mutter zur Neige."

Großmutter küsste ihre Wange. „Aber wir sind nicht arm. Wir haben immer noch uns." Damit verließ sie das winzige Zimmer, in dem die drei Mädchen schliefen.

Die halbe Nacht versuchte Jacqueline, nicht an ihren Hunger zu denken. Beim Abendessen hatte sie den größten Teil ihres Haferbreis an ihre kleinen Schwestern verteilt, weil sie so blass und verhungert aussahen. Jetzt beneidete sie die beiden um ihren Schlaf. Um nicht immerzu ans Essen denken zu müssen, stellte sie sich vor, wie es sein würde, einer neuen Geschichte zu lauschen – oder noch besser, selbst eine neue Geschichte zu *erzählen*. Es wäre sicher das beste Geburtstagsgeschenk aller Zeiten für ihre Mutter. Morgen war es schon soweit. Jacqueline schlief endlich ein und träumte davon, wie sie ihrer Mutter das allerbeste Geburtstagsgeschenk überreichte.

Am nächsten Morgen grummelte Jacqueline vor sich hin, obwohl sie eine ungewöhnlich große Portion Brei zum Frühstück bekam. Immer wieder die gleiche Geschichte … wer sollte das denn aushalten. Es musste doch mehr geben, in der Welt. Knurrig passte sie auf ihre Schwestern auf, bis Vater im Wald verschwand, um Holz zu hacken, und Mutter in der Küche, um aus den wenigen Vorräten ein Geburtstagsmahl zu zaubern. Dann ging Jacqueline zu Großmutter.

„Omi, kannst du bitte ein wenig auf die Kleinen aufpassen? Ich muss in den Wald", sagte sie.

„Warum willst du ausgerechnet dorthin, Liebes? Der Wald ist gefährlich."

„Ich will Mutter zum Geburtstag ein paar Himbeeren pflücken." Sie log nicht gerne. Es hinterließ einen eisigen Knoten in ihrem Bauch, aber sie war sich sicher, dass die Suche nach einer neuen Geschichte eine winzige, weiße Lüge rechtfertigte. „Ich bleib auch am Rand."

„Versprich mir, dass du das Dorf immer im Auge behalten wirst." Großmutter wirkte so besorgt, dass Jacqueline nicht anders konnte. Sie versprach es.

Dann ging sie, das selbstgemachte Weidenkörbchen in der Hand. Barfuß kickte sie Steine weg. Es tat zwar etwas weh, aber nicht zu sehr. Gerade genug, um sie daran zu erinnern, wie dumm sie gewesen war. Wie sollte sie einen Geschichtenerzähler finden, wenn sie nicht in den Wald gehen konnte oder an irgendeinen anderen Platz, der nicht in der Nähe des Dorfes war? *Ich kann genauso gut Himbeeren pflücken*, dachte sie. *Nach so einem dummen Versprechen finde ich nie jemanden, der mir eine neue Geschichte erzählt.* und fing an, die roten, saftigen Früchte zu pflücken. Bald schon waren ihre Wangen rot verschmiert, und ihre klebrigen Finger legten Beere um Beere in ihren kleinen Korb. Sie war immer noch ein wenig wütend auf sich selbst, aber auch ein bisschen stolz. Sie würde den ganzen Korb voll machen. Mutter würde sich freuen … vielleicht nicht ganz so sehr wie über eine neue Geschichte, aber es wäre ein gutes Geburtstagsgeschenk.

Jacqueline versuchte, tiefer in das Himbeergebüsch zu kriechen, aber die Ranken waren zu kratzig, die Dornen zu spitz. Nachdem sie einen Moment nachgedacht hatte, wickelte sie Grasbüschel um ihre Füße und Unterschenkel und versuchte es erneut. Das war eine prima Idee. Nicht einmal die längsten Dornen verursachten ihr große Schmerzen. Jacqueline pflücke Beeren, bis ihr Körbchen und ihr Bauch voll waren.

Als sie sich umdrehe, um heimzugehen, bemerkte sie unter den Ranken etwas, das wie ein Baumstumpf aussah, außer dass er komplett grün war. Sie bückte sich, um ihn genauer anzusehen. Ein kleiner Ableger mit einem einzigen Blatt wuchs aus der Seite. Er sah genauso aus, wie die Bohnenpflanzen im Garten ihrer Mutter, nur viel kleiner. Jacqueline streichelte das Blatt. *Wenn es doch bloß wachsen und mich an einen Ort bringen könnte, wo ich eine neue Geschichte finden kann*, dachte sie.

Ein Ruck ging durch die Pflanze, und bevor Jacqueline ihre Finger zurückziehen konnte, wickelte sich die kleine Ranke um ihr Handgelenk und schoss mit rasender Geschwindigkeit in die Höhe. Jacqueline kreischte, und die Finger ihrer freien Hand krampften sich um den Griff ihres Körbchens.

Ein Blatt wuchs aus dem immer dicker werdenden Stamm der Pflanze und schob sich unter ihre Füße, als wüsste es, wie unangenehm es war, an einem Arm zu hängen. Immer noch verängstigt beruhigte sich Jacqueline ein wenig und sah nach unten. Die Pflanze wuchs so schnell, dass sie schon hoch über dem Boden schwebte. Sogar die Bäume wirkten von hier wie Spielzeug, und sie wurden mit jeder Sekunde kleiner. Wenigstens war das Dorf noch zu erkennen, also hatte sie ihr Versprechen Großmutter gegenüber nicht gebrochen.

Die Pflanze erzitterte, hielt an und ließ ihr Handgelenk los.

„Das muss die Bohnenranke sein, die mein Ur-ur-irgendwas-Onkel gepflanzt hat", sagte sie zu niemandem.

„Wie viele Urs ist das her?", fragte eine Stimme hinter ihr.

Jacqueline schoss herum, so schnell sie konnte, und wurde blass. Ein Mädchen sah auf sie herab, das möglicherweise genau so alt war wie sie. Dabei war sie aber mindestens einen Meter größer. Ihre Füße standen auf dem wattigen Boden, der sehr nach einer Wolke aussah. Um von der Riesin wegzukommen, trat Jacqueline einen Schritt zurück. Auf der glatten Oberfläche des Blattes rutschte sie aus. Schreiend schlitterte sie auf den Abgrund zu.

Die Riesin beugte sich vor und packte ihren Arm, bevor Jaqueline zu Tode stürzen konnte. Ein paar Himbeeren rollten über den Rand des Korbs und stürzten in die Tiefe. Als sie wieder sicher stand, sah die Riesin durch das Loch in den Wolken, durch das die Bohne gewachsen war und blinzelte, als versuche sie, die Beeren zu erkennen. Was, wenn sie dachte, Jacqueline hätte sie hier oben gefunden?

„Ich habe nichts gestohlen. Ehrlich nicht." Jacquelines Stimme zitterte und klang rau.

„Weiß ich. Die wachsen hier oben nämlich nicht. Schade, dass du sie fallen gelassen hast." Die Riesin lächelte sie an. „Mama sagt, dass das Essen von der Erde zwar winzig ist, aber super schmeckt. Cousin Ro hatte mal was mitgebracht, als er vor über zehn Jahren unten war. Tante Edwina zwang ihn zu teilen."

„Ihr kommt zur Erde runter?" Um mit der Menge an Informationen fertig zu werden, konzentrierte sich Jacqueline auf eine einzige Aussage.

„Nicht besonders oft. Die Bohnen müssen uns nämlich abholen, und sie können ohne einen Menschen nicht so hoch wachsen. Cousin Ro wurde von einer jungen Frau mitgenommen. Aber es hat nicht gehalten, also ist er zurückgekommen."

„Mein Ur-Ur-Ur-Ur-Großonkel ist auf einer Bohnenranke hierher gekommen", sagte Jacqueline.

„Ich erinnere mich an die Geschichte. Er hat unsere Gans und die Harfe gestohlen." Die Riesin legte den Kopf schief. „Habt ihr die noch?"

„Leider nicht." Ermutigt von dem Gespräch sagte Jacqueline: „Es tut mir leid, dass mein Vorfahr deinen umgebracht hat."

„Mit auch", sagte das Mädchen. „Aber er war selber Schuld. Warum musste er unbedingt darauf bestehen, Menschen fressen zu wollen?" Sie schüttelte sich. „Was für eine widerliche Idee." Sie setzte sich und streckte die Hand aus. „Weißt du, es ist total langweilig, alleine zu picknicken. Hast du Lust, mitzumachen?"

Jacqueline war sich sicher, dass es wahrscheinlich nicht klug war, die Riesin zu verärgern, obwohl sie ziemlich nett zu sein schien und ihr das Leben gerettet hatte. Doch Mutter würde sicherlich warten und sich Sorgen machen. Also nahm sie allen Mut zusammen.

„Heute hat meine Mutter Geburtstag, und nur Oma weiß, wo ich bin. Wenn ich bis zum Abendessen nicht zu Hause bin, werden sie Angst kriegen."

Das Mädchen machte ein langes Gesicht.

„Es ist so langweilig hier. Es gibt keine Kinder in meinem Alter, und die anderen Familien leben zu weit weg, um sie häufig zu besuchen. Ich hätte so gerne mit dir gespielt."

Jacqueline dachte an die Mädchen aus dem Dorf, und wie sie sich immer über sie lustig machten. Die würden Augen machen, wenn sie mit einer Riesin als Freundin ankäme. Sie kicherte.

„Was ist so lustig?" Das Mädchen legte den Kopf auf die Seite.

„Ich habe mir nur vorgestellt, wir würden zusammen durch unser Dorf gehen."

Die Riesin lachte, was die Bohnenranke schwanken ließ. Jacqueline klammerte sich an den nächstbesten Blattstiel.

„Ups, Tschuldigung." Die Riesin hielt ihr eine Hand entgegen. „Meinst du, du könntest wenigstens einen kleinen Moment bleiben, bevor du gehst? Ich hab was zu essen dabei und gebe dir dafür den Kuchen."

Jacqueline fragte sich, ob das ein Trick war, um sie einzufangen und doch noch zu fressen. Aber das Mädchen mit den dunkelbraunen Locken und den Sommersprossen wirkte nett, und außerdem hatte es ihr das Leben gerettet. *Und Mutter hätte sicherlich gerne einen riesigen Geburtstagskuchen*, dachte sie und erlaubte der Riesin, sie auf die Wolke zu ziehen. Der Boden unter ihren Füßen war überraschend fest – aber sie war ja auch viel leichter als die Riesin.

„Was hast du da?" Die Riesin zeigte auf Jacquelines Körbchen.

„Himbeeren. Willst du ein paar?" Sie hielt ihr ein paar Früchte entgegen. Ihre Mutter würde ein oder zwei sicher nicht vermissen.

Vorsichtig nahm sie das Mädchen und steckte sie in ihren Mund. Ihre Muskeln entspannten sich, und ein glückliches Lächeln breitete sich über ihr Gesicht.

„Sind die lecker. Ich wünschte sie würden hier wachsen."

„Hier, du kannst sie alle haben." Kurzentschlossen drückte Jacqueline ihr das Körbchen in die Hand. „Vergiss nur nicht, dass du mir einen Kuchen versprochen hast. Sonst habe ich nämlich kein Geburtstagsgeschenk. Übrigens, ich bin Jacqueline."

„Ich bin Greta." Die Riesin nahm den Korb gerne an, dann griff sie nach einem Bündel hinter sich. „Den Teller und den Becher kannst du behalten. Ich sag Mutter, ich hätte das Bündel versehentlich ins Loch fallen lassen. Das ist mir schon mal passiert, deshalb wird sie nicht nachfragen."

Für Jacqueline war das Bündel groß wie ein Sack, und es fiel ihr schwer, ihn festzuhalten. Sie betrachtete die Bohnenranke nachdenklich.

„Wie komm ich wieder runter?"

„Oh, das ist leicht. Du musst nur freundlich darum bitten, dass sie dich nach unten bringt. Warte, ich helfe dir an Bord." Greta nahm ihre Schultern und schob sie vorsichtig auf das Blatt. „Am besten setzt du dich hin, bevor du fragst, sonst wirft dich der Ruck noch um – jedenfalls hat Ro das behauptet als er zurückkam."

Da fiel Jacqueline ein, warum sie sich am Morgen überhaupt auf den Weg gemacht hatte. „Kennst du noch andere Geschichten außer die, wie mein Vorfahr eure Sachen gestohlen hat?"

„Natürlich." Greta grinste. „Ich habe ein ganzes Regal voller Bücher mit Geschichten. Wenn du mal wiederkommst, können wir sie gemeinsam lesen."

„Ich kann nicht lesen."

„Ich bringe es dir bei. Dann kannst du alle Geschichten der Welt alleine lesen."

Der Gedanke, ohne Hilfe und für ihr ganzes Leben viele, neue Geschichten kennenlernen zu können, raubte Jacqueline den Atem. Selbstverständlich würde sie wiederkommen … falls die Bohnenranke mitspielte. Das sagte sie auch. Gretas Gesicht erhellte sich, als wärde eine Laterne auf sie gerichtet.

„Solange du freundlich und höflich bist und nicht versuchst, die Ranke abzuhacken, wird sie dich hinauf und hinunter bringen, so oft du fragst", sagte sie. „Oh, ich freu' mich so. Endlich habe ich eine Freundin!"

Jacqueline spürte, wie sich ein Lächeln auf ihrem Gesicht ausbreitete. Ihr Herz sang wie die Vögel im Wald, und sie konnte es kaum erwarten wiederzukommen.

„Ich sehe dich morgen", sagte sie und bat die Bohnenranke, sie zur Erde zurückzubringen.

Sie kam zu Hause an, als ihr Vater gerade damit fertig wurde, Gesicht und Hände in dem Eimer auf dem Brunnenrand zu waschen.

„Wo warst du so lange?" Er runzelte die Stirn, als er ihre provisorischen Schuhe bemerkte. „Deine Mutter ist krank vor Sorge, und Omi weint."

In dem Moment kam die Mutter aus dem Haus und band sich im Gehen ein Tuch um den Kopf.

„Ich bin soweit", sagte sie. Dann bemerkte sie Jacqueline. „Liebling!" Sie eile herbei, ging in die Hocke und schlang die Arme um ihre Tochter. Tränen liefen ihr über das Gesicht. „Versprich mir, dass du niemals wieder in den Wald gehen wirst."

„Bin ich doch gar nicht", sagte Jacqueline. Sie war zu glücklich, um sich Gedanken um die Angst ihrer Eltern zu machen. „Ich habe eine Freundin gefunden und ein wenig die Zeit vergessen. Tut mir Leid." Sie reichte ihr das Bündel. „Alles Gute zum Geburtstag, Mutter. Ich hatte ein Körbchen mit Himbeeren für dich, habe es aber gegen das hier getauscht."

Mutter nahm den Beutel mit einem Lächeln an, stand auf und stellte sich neben Vater. „Das Essen ist fertig. Wasch bitte deine Hände."

Jacqueline gehorchte, redete dabei aber weiter.

„Es ist ein Geburtstagskuchen darin. Und wenn wir mit dem Essen fertig sind, erzähle ich euch eine ganz neue Geschichte." Sie lächelte bei dem Gedanken.

„Es wird auch Zeit, dass wir mal etwas Neues hören." Obwohl seine Stimme etwas zitterte, lachte Vater. Er nahm den schweren Sack und trug ihn hinter das Haus, wo seine Frau den Tisch für sechs Personen gedeckt hatte. Obwohl Erntezeit war, standen nur wenige Speisen auf dem Tisch. Der Salat wirkte matt, und die Radieschen waren so klein, dass sie wie rote Erbsen aussahen. Die Schüssel mit dampfenden Kartoffeln war so klein, dass der Inhalt kaum für alle reichen würde. Die Großmutter saß auf einem Hocker und hatte die beiden Kleinen im Arm. Sie hielten sich fest umschlungen und weinten.

„Du bist wieder da!" Jacquelines Schwestern kamen angerannt und umarmten sie. Die Großmutter wischte sich das Gesicht ab und lächelte unter Tränen. Jacqueline fühlte sich mit einem mal schuldig. Sie hatte nicht gewollt, dass sich ihre Eltern und Großmutter sorgten. Hoffentlich war es der Kuchen wert. Ihre Aufregung verdrängte die Schuldgefühle.

„Mach dein Geschenk auf." Sie wippte auf den Zehen und sah zu, wie Vater den Sack an Mutter zurückreichte. „Und hinterher erzähle ich euch eine ganz neue Geschichte."

„Eine neue?" Die rot geräderten Augen der Großmutter weiteten sich.

Jacqueline eilte zu ihr und umarmte sie.

„Es tut mir leid, dass ich so lange weg war", flüsterte sie. „Aber mir ist nichts passiert."

„Das freut mich so sehr." Großmutter flüsterte ebenfalls.

Gemeinsam sahen sie zu, wie die Mutter den Sack öffnete. Ihr Gesicht wurde ganz blass, und ihre Arme sanken schlaff herab. Das obere Ende eines mit Schokolade überzogenen Kuchens blinzelte aus dem Sack. Jacquelines Schwester quietschten vor Vergnügen, und Jacqueline kämpfte ebenfalls mit der Vorfreude. Sie hatte schon einmal Schokolade gesehen, aber noch nie probiert. Vater beugte sich hinunter, um den Kuchen aus dem Sack zu heben, und sein Unterkiefer klappte herunter. Sein Mund bewegte sich, als wolle er etwas sagen, aber kein Wort kam heraus. Schließlich hielt Jacqueline es nicht länger aus. Sie huschte zwischen ihre Eltern, packte den Kuchenteller mit beiden Händen und wuchtete ihn auf den Tisch. Es war genug Platz, da die Schalen mit dem Salat, den Kartoffeln und den Radieschen, die ihre Mutter vorbereitet hatte, ziemlich klein waren. Der Kuchen roch gleichzeitig süß und bitter. Es war der perfekte Nachtisch. Heute würde niemand hungrig ins Bett gehen. Jacqueline lächelte.

Blitzend lenkte der Teller einen Sonnenstrahl ab, und Großmutter schnappte nach Luft.

„Ist das…", ihre Stimme zitterte. „Kann das sein?"

„Das ist Silber." Vaters Stimme zitterte genauso sehr wie die der Großmutter.

„Damit und mit dem passenden Becher wird bei uns nie wieder Schmalhans Küchenmeister sein." Die Mutter sank auf einen Hocker und zog einen wunderschön ziselierten Becher aus dem Sack, der aus demselben Material war wie der Teller.

Jacqueline verstand die Aufregung nicht. Natürlich waren der Becher und der Teller sehr hübsch, aber letztendlich war es doch bloß Geschirr. Aber sie war froh, dass ihre Eltern so glücklich darüber waren. Offensichtlich war es extrem gut, eine Riesin zur Freundin zu haben. Besonders wenn man Himbeeren gegen etwas so Gutes wie Schokoladenkuchen tauschen konnte.

Mutter stellte den Becher auf den Tisch und sah Jacqueline mit großen Augen an.

„Wo hast du das alles her?"

Es sah so aus, als sei die Zeit gekommen, die neue Geschichte zu erzählen. *Schade*, dachte Jacqueline. Sie hätte gerne zuerst den Kuchen gegessen. Doch sie setzte sich auf ihren Hocker und begann zu erzählen.

DAS ORIGINAL: HÄNSEL UND GRETEL

Gebrüder Grimm

Vor einem großen Walde wohnte ein armer Holzhacker mit seiner Frau und seinen zwei Kindern; das Bübchen hieß Hänsel und das Mädchen Gretel. Er hatte wenig zu beißen und zu brechen, und einmal, als große Teuerung ins Land kam, konnte er auch das täglich Brot nicht mehr schaffen. Wie er sich nun abends im Bett Gedanken machte und sich vor Sorgen herum wälzte, seufzte er und sprach zu seiner Frau: ‚Was soll aus uns werden? Wie können wir unsere armen Kinder ernähren, da wir für uns selbst nichts mehr haben?'

‚Weißt du was, Mann', antwortete die Frau, ‚wir wollen Morgen in aller Frühe die Kinder hinaus in den Wald führen, wo er am dicksten ist: da machen wir ihnen ein Feuer an und geben jedem noch ein Stückchen Brot, dann gehen wir an unsere Arbeit und lassen sie allein. Sie finden den Weg nicht wieder nach Haus und wir sind sie los.'

‚Nein, Frau', sagte der Mann, ‚das tue ich nicht; wie sollt ich's übers Herz bringen meine Kinder im Walde allein zu lassen, die wilden Tiere würden bald kommen und sie zerreißen.'

‚O du Narr', sagte sie, ‚dann müssen wir alle viere Hungers sterben, du kannst nur die Bretter für die Särge hobeln', und ließ ihm keine Ruhe bis er einwilligte.

‚Aber die armen Kinder dauern mich doch', sagte der Mann.

Die zwei Kinder hatten vor Hunger auch nicht einschlafen können und hatten gehört was die Stiefmutter zum Vater gesagt hatte. Gretel weinte bittere Tränen und sprach zu Hänsel: ‚Nun ist's um uns geschehen.'

‚Still, Gretel', sprach Hänsel, ‚gräme dich nicht, ich will uns schon helfen.' Und als die Alten eingeschlafen waren, stand er auf, zog sein Röcklein an, machte die Untertüre auf und schlich sich hinaus. Da schien der Mond ganz helle, und die weißen Kieselsteine, die vor dem Haus lagen, glänzten wie lauter Batzen. Hänsel bückte sich und steckte so viel in sein Rocktäschlein, als nur hinein wollten. Dann ging er wieder zurück, sprach zu Gretel: ‚Sei getrost, liebes Schwesterchen und schlaf nur ruhig ein, Gott wird uns nicht verlassen', und legte sich wieder in sein Bett.

Als der Tag anbrach, noch ehe die Sonne aufgegangen war, kam schon die Frau und weckte die beiden Kinder.

‚Steht auf, ihr Faulenzer, wir wollen in den Wald gehen und Holz holen.' Dann gab sie jedem ein Stückchen Brot und sprach: ‚Da habt ihr etwas für den Mittag, aber eßt's nicht vorher auf, weiter kriegt ihr nichts.' Gretel nahm das Brot unter die Schürze, weil Hänsel die Steine in der Tasche hatte. Danach machten sie sich alle zusammen auf den Weg nach dem Wald. Als sie ein Weilchen gegangen waren, stand Hänsel still und guckte nach dem Haus zurück und tat das wieder und immer wieder.

Der Vater sprach: ‚Hänsel, was guckst du da und bleibst zurück, hab Acht und vergiß deine Beine nicht.'

‚Ach, Vater', sagte Hänsel, ‚ich sehe nach meinem weißen Kätzchen, das sitzt oben auf dem Dach und will mir Ade sagen.'

Die Frau sprach: ‚Narr, das ist dein Kätzchen nicht, das ist die Morgensonne, die auf den Schornstein scheint.'

Hänsel aber hatte nicht nach dem Kätzchen gesehen, sondern immer einen von den blanken Kieselsteinen aus seiner Tasche auf den Weg geworfen.

Als sie mitten in den Wald gekommen waren, sprach der Vater: ‚Nun sammelt Holz, ihr Kinder, ich will ein Feuer anmachen, damit ihr nicht friert. Hänsel und Gretel trugen Reisig zusammen, einen kleinen Berg hoch.

Das Reisig ward angezündet, und als die Flamme recht hoch brannte, sagte die Frau: ‚Nun legt euch ans Feuer, ihr Kinder und ruht euch aus, wir gehen in den Wald und hauen Holz. Wenn wir fertig sind, kommen wir wieder und holen euch ab.’

Hänsel und Gretel saßen am Feuer, und als der Mittag kam, aß jedes sein Stücklein Brot. Und weil sie die Schläge der Holzaxt, hörten, so glaubten sie ihr Vater wäre in der Nähe. Es war aber nicht die Holzaxt, es war ein Ast, den er an einen dürren Baum gebunden hatte und den der Wind hin und her schlug. Und als sie so lange gesessen hatten, fielen ihnen die Augen vor Müdigkeit zu, und sie schliefen fest ein.

Als sie endlich erwachten, war es schon finstere Nacht. Gretel fing an zu weinen und sprach: ‚Wie sollen wir nun aus dem Wald kommen!’

Hänsel aber tröstete sie.

‚Wart nur ein Weilchen, bis der Mond aufgegangen ist, dann wollen wir den Weg schon finden.’ Und als der volle Mond aufgestiegen war, so nahm Hänsel sein Schwesterchen an der Hand und ging den Kieselsteinen nach, die schimmerten wie neu geschlagene Batzen und zeigten ihnen den Weg. Sie gingen die ganze Nacht hindurch und kamen bei anbrechendem Tag wieder zu ihres Vaters Haus. Sie klopften an die Tür, und als die Frau aufmachte und sah daß es Hänsel und Gretel waren, sprach sie: ‚Ihr bösen Kinder, was habt ihr so lange im Walde geschlafen? Wir haben geglaubt ihr wolltet gar nicht wieder kommen.’

Der Vater aber freute sich, denn es war ihm zu Herzen gegangen, daß er sie so allein zurück gelassen hatte.

Nicht lange danach war wieder Not in allen Ecken, und die Kinder hörten wie die Mutter Nachts im Bette zu dem Vater sprach: ‚Alles ist wieder aufgezehrt, wir haben noch einen halben Laib Brot, hernach hat das Lied ein Ende. Die Kinder müssen fort, wir wollen sie tiefer in den Wald hineinführen, damit sie den Weg nicht wieder herausfinden; es ist sonst keine Rettung für uns.'

Dem Mann fiel's schwer aufs Herz und er dachte: ‚Es wäre besser, daß du den letzten Bissen mit deinen Kindern teiltest.'

Aber die Frau hörte auf nichts, was er sagte, schalt ihn und machte ihm Vorwürfe. Wer A sagt muß auch B sagen, und weil er das erste Mal nachgegeben hatte, so mußte er es auch zum zweiten Mal. Die Kinder waren aber noch wach gewesen und hatten das Gespräch mit angehört. Als die Alten schliefen, stand Hänsel wieder auf, wollte hinaus und Kieselsteine auflesen, wie das vorige Mal, aber die Frau hatte die Tür verschlossen, und Hänsel konnte nicht heraus.

Aber er tröstete sein Schwesterchen und sprach: ‚Weine nicht, Gretel, und schlaf nur ruhig, der liebe Gott wird uns schon helfen.'

Am frühen Morgen kam die Frau und holte die Kinder aus dem Bette. Sie erhielten ihr Stückchen Brot, das war aber noch kleiner als das vorige Mal. Auf dem Wege nach dem Wald bröckelte es Hänsel in der Tasche, stand oft still und warf ein Bröcklein auf die Erde.

‚Hänsel, was stehst du und guckst dich um', sagte der Vater, ‚geh deiner Wege.'

‚Ich sehe nach meinem Täubchen, das sitzt auf dem Dache und will mir Ade sagen', antwortete Hänsel.

‚Narr', sagte die Frau, ‚das ist dein Täubchen nicht, das ist die Morgensonne, die auf den Schornstein oben scheint.' Hänsel aber warf nach und nach alle Bröcklein auf den Weg.

Die Frau führte die Kinder noch tiefer in den Wald, wo sie ihr Lebtag noch nicht gewesen waren. Da ward wieder ein großes Feuer angemacht, und die Mutter sagte: ‚Bleibt nur da sitzen, ihr Kinder, und wenn ihr müde seid, könnt ihr ein wenig schlafen. Wir gehen in den Wald und hauen Holz, und Abends, wenn wir fertig sind, kommen wir und holen euch ab.'

Als es Mittag war, teilte Gretel ihr Brot mit Hänsel, der sein Stück auf den Weg gestreut hatte. Dann schliefen sie ein, und der Abend verging, aber niemand kam zu den armen Kindern. Sie erwachten erst in der finstern Nacht.

Hänsel tröstete sein Schwesterchen und sagte: ‚Wart nur, Gretel, bis der Mond aufgeht, dann werden wir die Brotbröcklein sehen, die ich ausgestreut habe, die zeigen uns den Weg nach Haus.'

Als der Mond kam, machten sie sich auf, aber sie fanden kein Bröcklein mehr, denn die viel tausend Vögel, die im Walde und im Felde umherfliegen, die hatten sie weggepickt.

Hänsel sagte zu Gretel: ‚Wir werden den Weg schon finden', aber sie fanden ihn nicht. Sie gingen die ganze Nacht und noch einen Tag von Morgen bis Abend, aber sie kamen aus dem Wald nicht heraus, und waren so hungrig, denn sie hatten nichts als die paar Beeren, die auf der Erde standen. Und weil sie so müde waren daß die Beine sie nicht mehr tragen wollten, so legten sie sich unter einen Baum und schliefen ein.

Nun war's schon der dritte Morgen, daß sie ihres Vaters Haus verlassen hatten. Sie fingen wieder an zu gehen, aber sie gerieten immer tiefer in den Wald, und wenn nicht bald Hilfe kam, so mußten sie verschmachten. Als es Mittag war, sahen sie ein schönes, schneeweißes Vöglein auf einem Ast sitzen, das sang so schön, daß sie stehen blieben und ihm zuhörten. Und als es fertig war, schwang es seine Flügel und flog vor ihnen her, und sie gingen ihm nach, bis sie zu einem Häuschen gelangten, auf dessen Dach es sich setzte. Und als sie ganz nah heran kamen, so sahen sie, daß das Häuslein aus Brot gebaut war, und mit Kuchen gedeckt; aber die Fenster waren von hellem Zucker.

‚Da wollen wir uns dran machen', sprach Hänsel, ‚und eine gesegnete Mahlzeit halten. Ich will ein Stück vom Dach essen, Gretel, du kannst vom Fenster essen, das schmeckt süß.' Hänsel reichte in die Höhe und brach sich ein wenig vom Dach ab, um zu versuchen wie es schmeckte, und Gretel stellte sich an die Scheiben und knusperte daran. Da rief eine feine Stimme aus der Stube heraus: ‚Knusper, knusper, knäuschen, wer knuspert an meinem Häuschen?'

Die Kinder antworteten: ‚Der Wind, der Wind, das himmlische Kind', und aßen weiter, ohne sich irre machen zu lassen. Hänsel, dem das Dach sehr gut schmeckte, riß sich ein großes Stück davon herunter, und Gretel stieß eine ganze runde Fensterscheibe heraus, setzte sich nieder, und tat sich wohl damit. Da ging auf einmal die Türe auf, und eine steinalte Frau, die sich auf eine Krücke stützte, kam heraus geschlichen. Hänsel und Gretel erschraken so gewaltig, daß sie fallen ließen was sie in den Händen hielten.

Die Alte aber wackelte mit dem Kopfe und sprach: ‚Ei, ihr lieben Kinder, wer hat euch hierher gebracht? Kommt nur herein und bleibt bei mir. Es geschieht euch kein Leid.' Sie faßte beide an der Hand und führte sie in ihr Häuschen. Da ward gutes Essen aufgetragen, Milch und Pfannekuchen mit Zucker, Äpfel und Nüsse. Hernach wurden zwei schöne Bettlein weiß gedeckt, und Hänsel und Gretel legten sich hinein und meinten sie wären im Himmel.

Die Alte hatte sich nur so freundlich angestellt, sie war aber eine böse Hexe, die den Kindern auflauerte, und hatte das Brothäuslein bloß gebaut, um sie herbeizulocken. Wenn eins in ihre Gewalt kam, so machte sie es tot, kochte es und aß es, und das war ihr ein Festtag. Die Hexen haben rote Augen und können nicht weit sehen, aber sie haben eine feine Witterung, wie die Tiere, und merken's wenn Menschen heran kommen.

Als Hänsel und Gretel in ihre Nähe kamen, da lachte sie boshaft und sprach höhnisch: ‚Die habe ich. Die sollen mir nicht wieder entwischen.'

Frühmorgens, ehe die Kinder erwacht waren, stand sie schon auf, und als sie beide so lieblich ruhen sah, mit den vollen roten Backen, so murmelte sie vor sich hin: ‚Das wird ein guter Bissen werden.' Da packte sie Hänsel mit ihrer dürren Hand und trug ihn in einen kleinen Stall und sperrte ihn mit einer Gittertüre ein. Er mochte schreien wie er wollte, es half ihm nichts. Dann ging sie zur Gretel, rüttelte sie wach und rief: ‚Steh auf, Faulenzerin, trag Wasser und koch deinem Bruder etwas Gutes. Der sitzt draußen im Stall und soll fett werden. Wenn er fett ist, so will ich ihn essen.'

Gretel fing an bitterlich zu weinen, aber es war alles vergeblich, sie mußte tun was die böse Hexe verlangte. Nun ward dem armen Hänsel das beste Essen gekocht, aber Gretel bekam nichts als Krebsschalen.

Jeden Morgen schlich die Alte zu dem Ställchen und rief: ‚Hänsel, streck deine Finger heraus, damit ich fühle ob du bald fett bist.'

Hänsel streckte ihr aber ein Knöchlein heraus, und die Alte, die trübe Augen hatte, konnte es nicht sehen, und meinte es wären Hänsels Finger, und verwunderte sich, daß er gar nicht fett werden wollte. Als vier Wochen herum waren und Hänsel immer mager blieb, da überkam sie die Ungeduld, und sie wollte nicht länger warten.

‚Heda, Gretel', rief sie dem Mädchen zu. ‚Sei flink und trag Wasser. Hänsel mag fett oder mager sein, morgen will ich ihn schlachten und kochen.'

Ach, wie jammerte das arme Schwesterchen, als es das Wasser tragen mußte, und wie flossen ihm die Tränen über die Backen herunter!

‚Lieber Gott, hilf uns doch', rief sie aus. ‚Ach, hätten uns nur die wilden Tiere im Wald gefressen, so wären wir doch zusammen gestorben.'

‚Spar nur dein Geplärre', sagte die Alte. ‚Es hilft dir alles nichts.'

Frühmorgens mußte Gretel heraus, den Kessel mit Wasser aufhängen und Feuer anzünden.

‚Erst wollen wir backen' sagte die Alte. ‚Ich habe den Backofen schon eingeheizt und den Teig geknetet.' Sie stieß das arme Gretel hinaus zu dem Backofen, aus dem die Feuerflammen schon heraus schlugen.

‚Kriech hinein', sagte die Hexe, ‚und sieh zu ob recht eingeheizt ist, damit wir das Brot hineinschießen können.' Wenn Gretel darin war, wollte sie den Ofen zumachen, und Gretel sollte darin braten, und dann wollte sie das Kind auch aufessen.

Aber Gretel merkte was sie im Sinn hatte und sprach: ‚Ich weiß nicht, wie ich's machen soll. Wie komm ich da hinein?'

‚Dumme Gans', sagte die Alte. ‚Die Öffnung ist groß genug, siehst du wohl. Ich könnte selbst hinein.' Sie trappelte heran und steckte den Kopf in den Backofen. Da gab ihr Gretel einen Stoß, daß sie weit hinein fuhr, machte die eiserne Tür zu und schob den Riegel vor. Hu! da fing die Hexe an zu heulen, ganz grauselich. Aber Gretel lief fort, und die gottlose Hexe mußte elendiglich verbrennen.

Gretel aber lief schnurstracks zum Hänsel, öffnete sein Ställchen und rief: ‚Hänsel, wir sind erlöst, die alte Hexe ist tot.'

Da sprang Hänsel heraus, wie ein Vogel aus dem Käfig, wenn ihm die Türe aufgemacht wird. Wie haben sie sich gefreut, sind sich um den Hals gefallen, sind herumgesprungen und haben sich geküßt! Und weil sie sich nicht mehr zu fürchten brauchten, so gingen sie in das Haus der Hexe hinein, da standen in allen Ecken Kasten mit Perlen und Edelsteinen.

‚Die sind noch besser als Kieselsteine', sagte Hänsel und steckte in seine Taschen was hinein wollte.

Gretel sagte: ‚Ich will auch etwas mit nach Haus bringen‘, und füllte sich ihr Schürzchen voll.

‚Aber jetzt wollen wir fort‘, sagte Hänsel, ‚damit wir aus dem Hexenwald herauskommen.‘

Als sie aber ein paar Stunden gegangen waren, gelangten sie an ein großes Wasser.

‚Wir können nicht hinüber‘, sprach Hänsel, ‚ich sehe keinen Steg und keine Brücke.‘

‚Hier fährt auch kein Schiffchen‘, antwortete Gretel. ‚Aber da schwimmt ein weißer Schwan. Wenn ich den bitte, so hilft er uns sicher hinüber.‘ Da rief sie:

‚Schwänchen, schöner,

da stehen Gretel und Hänsel.

Kein Steg und keine Brücke,

nimm uns auf deinen weißen Rücken.‘

Der Schwan kam auch heran, und Hänsel setzte sich auf und bat sein Schwesterchen sich zu ihm zu setzen.

‚Nein‘, antwortete Gretel. ‚Es wird dem Schwan zu schwer. Er soll uns nach einander hinüber bringen.‘

Das tat das gute Tierchen, und als sie glücklich drüben waren und ein Weilchen fortgingen, da kam ihnen der Wald immer bekannter und immer bekannter vor, und endlich erblickten sie von weitem ihres Vaters Haus. Da fingen sie an zu laufen, stürzten in die Stube hinein und fielen ihrem Vater um den Hals. Der Mann aber hatte keine frohe Stunde gehabt, seitdem er die Kinder im Walde gelassen hatte, und die Frau war gestorben.

Gretel schüttete ihr Schürzchen aus, daß die Perlen und Edelsteine in der Stube herumsprangen, und Hänsel warf eine Handvoll nach der andern aus seiner Tasche dazu. Da hatten alle Sorgen ein Ende, und sie lebten in lauter Freude zusammen.

Mein Märchen ist aus, dort läuft eine Maus. Wer sie fängt, darf sich eine große, große Pelzkappe daraus machen.

DER ZWERG UND DIE ZWILLINGE

SCHNEEWEISSCHEN UND ROSENROT

Schätze Neu Erzählt 1

Es war einmal in einer Welt, in der Magie und Technik mit unerwarteten Konsequenzen aufeinander treffen …

Als Martin einer schwangeren Frau hilft, vor den Häschern des Königs zu fliehen, ahnt er nicht, dass die Zwillinge, die sie in sich trägt, sein einsames Leben für immer verändern werden.

Was wäre, wenn wenn die Brüder Grimm den Zwerg in „Schneeweißchen und Rosenrot" missverstanden hätten?

ISBN 978-3-95681-028-2
auch als eBook erhältlich

Lass dich über Neuerscheinungen informieren und hole dir den ersten Band als kostenloses eBook:

http://de.katharinagerlach.com/leserinnen

DER WETTSTREIT
DAS KALTE HERZ
Schätze Neu Erzählt 6

Es war einmal in einer Welt, in der Magie und Technik mit unerwarteten Konsequenzen aufeinander treffen …

Elfin, die männliche Märchenfee, und Mikael, der Schmied und Erfinder, streiten sich, was besser sei, Magie oder Technologie. Dummerweise haben sie den Faktor Mensch nicht berücksichtigt. Nun müssen sie sich beeilen, um Unheil von ihrem Versuchskaninchen und seinen Lieben abzuwenden.

Was wäre, wenn die Wilhelm Hauff übersehen hätte, wer „Das kalte Herz" wirklich verschuldet hat?

voraussichtlich verfügbar ab April 2016